Gerhard-Holger Runkel | Im Seitenwechsel

AF190402

Gerhard-Holger Runkel

IM SEITENWECHSEL

Roman

Die Bibliografische Information der Deutschen Nationalbibliothek

Die Deutsche Nationalbibliothek verzeichnet diese Publikation in der Deutschen Nationalbibliografie; detaillierte bibliografische Daten sind im Internet über www.d-nb.de abrufbar.

Einbandabbildung: © Gerhard-Holger Runkel
Covergestaltung: Diplom Grafik-Designerin Claudia Ludewig-Görtz, www.cl-design.de
Herstellung und Verlag: BoD - Books on Demand, Norderstedt
© 2019 Gerhard-Holger Runkel
ISBN 978-3-7494-3414-5

Oktober – November 1972

Gunnar Mechlenburg sah gedankenverloren aus dem Fenster. Regenwetter, grau und schwer. Der Unterricht plätscherte dahin. Deutschstunde. Russische Literatur über den Zweiten Weltkrieg. Trotz seines besonderen Interesses für Geschichte – nichts interessierte ihn im Moment weniger.

Gunnar dachte an Gabi. Wie ein Film lief vor seinem geistigen Auge ab, wie er sie zum ersten Mal sah, letzten Freitag, beim Ernteeinsatz. Er hätte sie wohl nie kennengelernt, wenn sie nicht auf ein Wettangebot ihrer Stiefschwester eingegangen wäre. Und wenn der Direktor von Gunnars Schule die höheren Klassen nicht wie üblich zur Hilfe bei der Kartoffelernte abkommandiert hätte.

An jenem Freitag hatte ein LKW mit Aufbau zur Personenbeförderung die Schüler gegen sechs Uhr morgens an den verschiedenen Orten eingesammelt. Gunnar war in Wallendorf zugestiegen, zwängte sich auf einen Platz zwischen zwei dösende Mitschüler. Niemand sprach. Verschlafen sah er sich um und traute seinen Augen nicht. Ein Mädchen saß ihm direkt gegenüber, entspannt zurückgelehnt, die Augen geschlossen. Er spürte sein Herz, hatte Mühe, sich zu beruhigen. Er war froh, sie so unbeobachtet betrachten zu können. Ihr feines, leicht gebräuntes Gesicht mit den kräftig geschwungenen Augenbrauen. Sinnliche Lippen, eine leichte Stupsnase, alles umrahmt von mittellangem, braunem Haar. Unvermittelt sah sie ihn an. Grüne Augen. Dann fühlte er, dass er errötete. Sie lächelte. Obwohl unsicher, hielt Gunnar ihrem Blick stand. Die Hitze wich aus seinem Gesicht, und er lächelte selbstbewusst zurück. Während der Fahrt sahen sie sich immer wieder an. Welch wundervolles Spiel!

Neben ihr döste ein etwa zwölfjähriges Mädchen, vertraut an ihrem Arm hängend. Es öffnete nun auch die Augen und fragte, wo sie denn seien. Bevor die Schönheit antworten konnte, fuhr der LKW auf einen Acker, schüttelte die Erntehelfer kräftig durch und weckte damit auch den letzten Schläfer.

Die Schüler kletterten aus dem Fahrzeug. Ein Vorarbeiter teilte sie in zwei Gruppen, die Schönheit nicht in Gunnars. Enttäuscht sah sie ihn an. Als er unbemerkt von den anderen die Gruppe wechselte, strahlte sie.

»Ich bin Gunnar.«

»Gabi.«

»Bist du im falschen Film? Ich habe dich noch nie an unserer Schule gesehen.«

Sie lachte. »Falscher Film ist gut, ich bin hier sogar im absolut verkehrten Film, ich hasse Feldarbeit.«

»Aha, und wie konntest du dich hierher verirren?«

»Ich habe eine Wette gegen meine Schwester verloren. Sie weiß, was ich gar nicht mag.«

»Ist das die Kleine, die vorhin wie eine Klette an dir hing?«

»Ja. Sie heißt Beate.«

»Wenn du die Wette gewonnen hättest?«

»Dann hätte Beate am Wochenende den Abwasch erledigt.«

»Warum habt ihr gewettet?«

»Darüber möchte ich nicht reden, es ist peinlich.«

»Doof, dass du die Wette verloren hast. Andererseits … na ja, so sind wir uns begegnet.«

»Du bist vorhin richtig dunkelrot geworden.«

Gunnar wusste nichts zu sagen und befürchtete, wieder derart zu erröten. Sie half ihm, indem sie lächelte und sagte: »Ich fand das süß, ich bin gern so aufgewacht.«

Inzwischen waren beide hinter den arbeitenden Schülern zurückgeblieben. »Gunnar, wollen wir verschwinden? Uns da drüben in die Büsche schlagen?«

Die Formulierung begeisterte ihn. In die Büsche schlagen!

»Nur zu gern. Komm! Von der Anhöhe dort vorn kann man einen See sehen.«

Unbemerkt arbeiteten sie sich am Feldrand entlang zu den Büschen. Warteten dort kurz, überquerten einen Weg und rannten dann geduckt die Anhöhe hinauf. Oben an einer geschützten Stelle präsentierte sich die versprochene Aussicht. Gabi setzte sich ins Gras.

»Ich hätte nicht gedacht, dass du dich traust, einfach vom Ernteeinsatz zu verschwinden.« Sie sagte es anerkennend. Gunnar spürte wieder sein Herz.

Sie fuhr fort: »Schön hier. Du kennst dich aus, was? Wohnst du hier in der Nähe?«

Gunnar zeigte zu einer Siedlung. »Da drüben in Wallendorf. Im Sommer komme ich mit Freunden oft hierher zum Baden. Mit meiner Maschine dauert das nur ein paar Minuten.«

Gabis Augen leuchteten. »Was für eine Maschine hast du?« Beeindruckt setzte sie nach: »Ist bei der Jugendweihe so viel Geld zusammengekommen?«

»Es ist ein *Star* von Simson. Ich sage ›Maschine‹,

11

weil das besser klingt als so ein bescheuerter Vogelname. Das Geld stammt von Jugendweihe und Konfirmation. Ich habe beides über mich ergehen lassen. Außerdem hatte ich einiges gespart. Meine Eltern haben die Karre vor zwei Jahren bestellt, und gleich nach der Konfirmation im Frühjahr habe ich sie bekommen. Sie macht das Leben deutlich angenehmer. Hast du auch eine Maschine?«

Sie schüttelte den Kopf. »Bloß ein Fahrrad. Du hattest Konfirmation? Also bist du in der Kirche.«

»Ja, meine Eltern sind sehr christlich.«

»Habt ihr Kontakte in den Westen?«

»Ja, durch meine Mutter. Wo wohnst du denn?«

»In Halle-Trotha bei meiner Mutter. In Merseburg bin ich, wenn ich meinen leiblichen Vater besuche. Er hat diese Woche frei, wegen einer Havarie im Betrieb, und hat mir eine Entschuldigung für die Schule geschrieben. Meine Mutter hat er wegen einer anderen verlassen, als ich ein Jahr alt war. Er heiratete erneut. Beate ist meine Stiefschwester. Sie ist in Ordnung, kann aber manchmal fürchterlich nerven.« Gabi berichtete noch von ihrer Schule und von ihrem Wunschtraum, viel zu reisen. Sie sah dann schweigend in die Ferne. Gunnar streichelte ihr Haar, und sie ließ es geschehen.

»Gehst du mit jemandem?«

»Nein. Du?«

»Ich auch nicht.«

Sie kommentierten das nicht weiter, lächelten sich nur an. Gabi nahm das Gespräch wieder auf. »Was hörst du für Musik?

»Ich höre nur Westmusik.

»Findest du die Beatles gut?«

»Hm, eher die Rolling Stones. Die Aggressivität von Mick Jagger gefällt mir. Die Beatles sind zu nett. Aber ich habe von denen ein Buch mit den Texten. Mein Vetter Christian aus Hamburg hat es mir geschenkt.«

»Kann ich das mal leihen?«

»Klar«, sagte er, »ich bringe es nächstes Mal mit.« Gunnar, den Kopf auf eine Hand gestützt, streichelte mit der anderen sanft Gabis Schläfe. Makellos, dachte er, die feinen Härchen betrachtend.

Eine Weile schauten sie sich nur an.

Schließlich begann er zu plaudern, ihr unbefangen Komplimente zu machen. Sie fühlte sich glücklich. Gunnar dachte an das Wort ›Schwerelosigkeit‹. Dann küsste sie ihn. Er wusste nicht, wie ihm geschah. Das erste Mal war er einem Mädchen derart nah. Gabi schien ihm erfahren im Küssen. Anfangs zögerlich, ließ er seine Hände über ihren Körper gleiten. Sie fühlte sich fest und durchtrainiert an.

»Willst du mit mir gehen?« Gunnar war von seiner Frage selbst überrascht.

Jetzt errötete sie.

Sie sah ihm in die Augen. »Versuchen wir es. Aber ich möchte, dass wir es für uns behalten. Wenn es nicht klappt, tun wir, als wäre nichts gewesen, einverstanden?«

Gunnar küsste sie überschwänglich. »Ja, es bleibt unser süßes Geheimnis.«

Sie verabredeten sich für Montag. Gabi musste zwar zurück nach Halle zur Schule, aber sie war entschlossen, in Merseburg krank zu werden. Ihr Vater würde eine neue Entschuldigung schreiben, er konnte ihr keinen Gefallen abschlagen.

Jemand rief seinen Namen. »Gunnar, schläfst du?«
Er sah auf. Tonning, der Deutschlehrer, gestikulierte in seiner unnachahmlichen Art. »Zum Direktor, sofort! Was hast du wieder angestellt?«
Gunnar erhob sich. Die Klasse grinste. Das war innerhalb von drei Wochen das vierte Mal. Erst wegen eines aus dem Boden gezogenen Bushaltestellenschildes, dann wegen einer Schlägerei auf dem Schulhof und zuletzt wegen einer zerschossenen Fensterscheibe beim Fußball.
Direktor Rasel gab Erdkunde. Er war kein schlechter Lehrer, aber durchdrungen von der absoluten Wahrheit des Sozialismus. Abweichungen betrachtete er nicht nur als Verrat, sondern auch als persönliche Beleidigung. Auf dem Weg zum Direktionszimmer rätselte Gunnar, was wohl der Grund für die Vorladung sein könne. Er war sich keiner Schuld bewusst, aber ein flaues Gefühl blieb, denn Rasel hatte zuletzt mit der Polizei gedroht. Gunnar klopfte zaghaft an Rasels Tür. Sofort erscholl ein energisches »Ja!«.
Der Direktor saß an seinem Besprechungstisch, neben ihm ein Mann, den Gunnar nicht kannte. Rasel blieb erstaunlich nett. »Bitte setz dich!«
Gunnar grüßte höflich, was die beiden Herren schweigend zur Kenntnis nahmen.
»Gunnar, das ist der Genosse Schöner. Wir haben etwas zu besprechen. Bevor wir anfangen, wei-

se ich dich darauf hin, dass dieses Gespräch absolut vertraulich ist. Du darfst niemandem davon erzählen, verstanden?«

»Jawohl, Herr Rasel.«

»Der Genosse Schöner ist Major der NVA und sucht geeignete FDJler für Kaderfunktionen in unserer Armee.«

Der Mann, als Offizier seltsamerweise in Zivil, machte keinen unsympathischen Eindruck. Allerdings ließen die grauen Augen Kälte erahnen. Der schmallippige Mund wirkte verbissen. Gunnar brachte erneut ein schüchternes »Guten Tag« heraus.

Schöner kam sofort zur Sache. »Gunnar, deine schulischen Leistungen sind beeindruckend. Besonders in Chemie, Geschichte, Erdkunde, Staatsbürgerkunde. Du bist ein exzellenter Schüler, zudem Mitglied der FDJ und der Gesellschaft für Deutsch-Sowjetische Freundschaft. Daher mein Vorschlag: Wir bieten dir die große Chance auf eine Karriere in der Nationalen Volksarmee. Wir brauchen junge Menschen wie dich, um den Aufbau unserer Heimat zu vollenden und den Sozialismus zu schützen.«

Oh Gott, dachte Gunnar verwirrt, das ist ja dick aufgetragen. Noch unter den Eindrücken vom Freitag, konnte er mit diesem Vorschlag nichts anfangen.

Schöners Vortrag war noch nicht zu Ende. »Wenn du dich für uns entscheidest, ermöglichen wir dir in der NVA-Zeit ein Studium. Du schlägst die Offizierslaufbahn ein und darfst die Annehmlichkeiten unseres Staates in besonderem Umfang genießen. Wunderbare Aussichten, nicht wahr?«

Gunnar suchte nach Worten. »Ich muss das mit meinen Eltern besprechen«, antwortete er schließlich.

Rasel hob eine Hand, noch immer freundlich. »Wir haben doch gerade vereinbart, dass das Gespräch unter uns bleiben muss. Deshalb darfst du deinen Eltern nichts davon erzählen.«

Gunnar kam über ein »Aber …« nicht hinaus.

»Nichts ›Aber …‹! Du hast es versprochen!«

In Gunnars Kopf drehte sich alles. Er wollte schon protestieren, sagen, dass er nichts versprochen habe, als ihm ein Gedanke kam: »Ich habe Verwandte in Westdeutschland.«

Das sitzt, dachte er. Einen Moment lang herrschte Stille.

Schöner blieb gelassen. »Wir wissen das. Kein Problem. Wenn du dich zu uns bekennst, wirst du künftig in den Westen reisen dürfen. Du wirst deine Verwandten besuchen, nicht nur in Westdeutschland, sondern auch in Amerika. Als Kundschafter des Friedens kannst du die ganze Welt kennenlernen.«

Gunnar schlug das Herz bis zum Hals, als er verstand: Der will mich als Spion anwerben! Die Aussicht mit dem Westen erschien ihm verlockend, aber das Misstrauen überwog. »Ich muss darüber nachdenken! Heute kann ich dazu weiter nichts sagen.«

Schöner nickte. »Wir geben dir für deine Überlegungen natürlich ausreichend Zeit. Wenn du zustimmst, genießt du alle Vorteile einer Karriere in unserer sozialistischen Heimat. Nachteile gibt es nicht. Du brauchst nichts zu tun, Herr Rasel wird auf dich zukommen. Ein beeindruckendes Signal wäre es aber, wenn du dich selber meldest. Und noch einmal: Kein Wort zu irgendwem! Wir kriegen schnell raus, wenn du redest. Außerdem sehen wir es für dich als Herausforderung. Nämlich, ob du in der Lage bist, ein Geheimnis zu bewahren. Verschwiegenheit ist eine sozialistische Tugend.«

Schöner sah zu Rasel. Rasel wies zur Tür. »Wir wünschen dir einen angenehmen Tag.«

Gunnar verließ das Büro und ging zurück in die Klasse. Einige seiner Mitschüler starrten ihn fragend an. Auf die typischen hämischen Bemerkungen reagierte er nicht. Tonning mahnte, sich auf den Unterricht zu konzentrieren, doch dazu war Gunnar nicht mehr in der Lage.

Rasel wandte sich an Schöner. »Genosse, meinen Sie, dass wir mit dem Jungen den Richtigen ansprechen? Ich finde, er ist weder bezüglich seiner Reife noch hinsichtlich seiner Familie geeignet.«

Schöner sah Rasel ungehalten an. »Der ist intelligent. Er kann uns mehrfach nützen. Wir werben ihn an, bauen ihn ideologisch auf, womit wir ihn in der Hand haben. Durch seine Integration in eine christlich und westlich orientierte Familie wirkt er nach außen völlig unverdächtig.«

Schöner fuhr in seinen Überlegungen fort. »Bedenken Sie: Im Sommer verbrachten die Mechlenburgs den Urlaub auf der Burg Bodenstein, die der evangelischen Kirche gehört. Dort freundeten sie sich mit einer Familie aus Halle an. Eben diese Familie steht in Kontakt mit einer Personengruppe, die uns durch zweifelhafte Äußerungen auffiel. Wenn wir Gunnar gewinnen, bekommt er sofort die erste Bewährungsprobe als Kundschafter. So weit Punkt eins. Nun Punkt zwei: Die Mutter hat in der BRD einen weit verzweigten Verwandtenkreis, darunter einen Neffen, der Entwicklungsleiter in einem namhaften Chemiekonzern ist. Er beschäftigt sich mit Themen, die für unsere Betriebe von strategischem Interesse sind. Nehmen wir an, Gunnar gelänge in den Westen und würde Kontakt zu dem Mann aufnehmen. Dann bestünde die Möglichkeit, an seine Entwicklungsergebnisse heranzukommen.«

Rasel schien der zweite Punkt arg weit hergeholt. Er hielt es jedoch nicht für angebracht, zu widersprechen. Stattdessen meinte er, Schöner auf etwas anderes hinweisen zu müssen. »Die Frage ist, ob er sich auf uns einlässt. Ich weiß nicht, ob Sie den Vorfall mit seiner Schwester kennen. Sie wollte einen Zollmitarbeiter heiraten. Da der in einem sensiblen Bereich tätig ist, forderte man von ihr, vor der Heirat alle Westkontakte abzubrechen. Sie hat sich geweigert und brachte sogar ihren Freund dazu, dass der ohne Rücksicht auf Verluste den Dienst beim Zoll quittierte, dieser Idiot.«

Schöner winkte ärgerlich ab. »Natürlich kenne ich die Akte.«

Rasel blieb unbeirrt. »Wäre es nicht besser, sich auf die Sekretärin des Entwicklungsleiters oder auf einen Mitarbeiter zu konzentrieren? Wir haben doch in diesen Dingen Erfahrung.«

Schöner verzog das Gesicht. Er hasste ungebetene Ratschläge. »Es gab Kontakte, ohne den gewünschten Erfolg. Der Mann ist ein Familientyp, veranstaltet Familientreffen. Wir glauben, dass wir über die Verwandtschaft besser vorankommen. Das dauert, macht aber das Ganze langfristig erfolgversprechend. Wir wollen in jedem Fall da ran! Ob das Ministerium noch parallel was unternimmt, interessiert hier nicht.«

Rasel bemühte sich, Schöner fest anzusehen. »Ich verstehe. Zählen Sie in jedem Fall auf meine uneingeschränkte Unterstützung«.

In Schöners Finger kam Unruhe. »Nichts anderes erwarte ich von Ihnen. Sie überlegen sich, womit Sie den Jungen einfangen. Die Akte geht Ihnen als Abschrift zu. Zum Fortschritt informieren Sie mich einmal pro Woche schriftlich. Bei besonderen Vorfällen rufen Sie mich sofort an. In vier Wochen möchte ich Gunnars Unterschrift sehen.«

Er stand auf und wandte sich zum Gehen. Rasel schnellte aus dem Sessel. »Habe verstanden, Genosse Major!« Er streckte ihm die Hand zur Verabschiedung entgegen und begleitete ihn zur Tür. Schöner drehte sich kurz um. »Noch etwas. Untersuchen Sie Gunnars Freundeskreis nach Ansatzpunkten.«

Nachdem Schöner den Raum verlassen hatte, ließ sich Rasel auf seinen Schreibtischstuhl fallen und sah aus dem Fenster. Den Plan, ausgerechnet Gunnar Mechlenburg anzuwerben zu wollen, fand er absurd. Er kannte einige Details über dessen Familie. Etwa, dass sich Gunnars Vater in CDU und Kirche engagierte. Den Mechlenburgs werde man jedoch nichts anhängen können. Sie verhielten sich völlig unauffällig.

Die Sache war Rasel zwar irgendwie gleichgültig, und er dachte an den auf ihn zukommenden Aufwand. Dennoch nahm er sich diensteifrig die Schülerliste der Klasse 10a vor und notierte sich einige Namen. Gunnars Klassenkameraden direkt anzusprechen, erschien ihm aus Sorge vor dem üblichen Gerede allerdings unpassend. Mechlenburg wohnt in Wallendorf, überlegte er. Er brauchte jemanden, der die Leute dort gut kannte, und dachte an Anni Ernst, die Direktorin der Dorfschule. Rasel war unschlüssig, denn sie hatte ihm während der letzten Direktorenkonferenz eindeutig Zuneigung signalisiert. Trotz ihres feinen Gesichts war sie nicht sein Typ, möglicherweise, weil sie sich offensichtlich in keiner Weise um ihr Äußeres zu kümmern schien. Wie auch immer, heute brauchte er sie. Entschlossen suchte Rasel die Nummer der Wallendorfer Schule im Telefonbuch, griff zum Hörer und wählte.

Am anderen Ende eine Frauenstimme. »Hallo, Ernst hier, Schule Wallendorf, wer spricht?«

Rasel war überrascht, sie direkt am Telefon zu haben. »Rasel hier. Wie geht es Ihnen?«

»Genosse Rasel, wenn Sie anrufen, geht es mir natürlich gleich viel besser. Aber Sie haben sich lange nicht gemeldet. Mögen Sie mich nicht mehr? Die Brüderschaft steht noch aus, nicht wahr?«

»Sie wissen ja, wie es ist. Die Schule, die Verpflichtungen in der Partei, all das beansprucht mich außerordentlich.«

In der Hoffnung, einem zeitraubenden und persönlichen Gespräch zu entgehen, setzte er sofort nach: »Verehrte Genossin, ich brauche im Interesse der Partei Ihre Hilfe, vertraulich. Wir haben hier einen Schüler aus Wallendorf, Gunnar Mechlenburg. Wir wollen uns den Jungen genauer ansehen, wenn Sie verstehen was ich meine.«

Anni Ernst klang verstimmt. »Herr Rasel, für einen kurzen Anruf ist immer Zeit. Es stimmt mich schon nachdenklich, dass Sie nur wegen eines Sachthemas anrufen. Und der Hinweis, solche Themen vertraulich zu behandeln, ist überflüssig wie ein Kropf. Na ja, Schwamm drüber.«

Rasel überging die Kritik. »Frau Ernst, Sie kennen doch Ihre Dorfbewohner. Ich brauche Informationen über Gunnar. Alles ist von Interesse. Familie, Freunde, mit wem er Streit hat, wer die Familie aus dem Westen besucht, Kontakte zur Kirche, Vorlieben und so weiter. Ich hoffe da auf Ihre Hilfe.«

»Natürlich helfe ich Ihnen, mein Lieber. Ich übergebe Ihnen alles, was Sie wissen wollen, sogar persönlich, vielleicht bei einem Abendessen?«

»Mit dem größten Vergnügen«, log Rasel. »Sagen wir, in zwei Wochen?«

»So lange werde ich dazu nicht brauchen. Ich kenne die Mechlenburgs.«

Als Rasel sich verabschieden wollte, schob sie nach: »Ich reserviere gleich einen Tisch im Interhotel in Halle, am Dienstag übernächster Woche um zwanzig Uhr.« Ehe Rasel ablehnen konnte, beendete sie das Gespräch. Klar, er hatte sie nun am Hals. Aber wenn er mitspielte, lieferte sie ihm jede Information. Und er konnte sie arbeiten lassen, ohne selbst viel Zeit zu investieren.

Während seine Klassenkameraden nach der Schule das Gebäude durch den Haupteingang in Richtung Bushaltestelle verließen, ging Gunnar zum Sportplatz. Im Schutz einer Hecke bewegte er sich unauffällig zu einem Park in der Nähe. Gabi wartete am vereinbarten Ort, einer Art Unterstand mit Bank zwischen hochgewachsenen Büschen. Gunnar war aufgeregt. Er blieb wie zufällig davor stehen, sah auf die Uhr, schaute sich um und setzte sich schnell zu ihr. Er umarmte und küsste sie. Die Idee, ihre Beziehung nicht öffentlich zu machen, fand er erotisch. Niemand sollte von ihrer Liebe erfahren, auch Leo nicht, sein ewig wissbegieriger, meist auch eifersüchtiger Freund. Es würde einige Kreativität erfordern, unauffällige Treffpunkte zu finden.

Gabi sah ihn amüsiert an. »Na, wie viele Verfolger kleben an deinen Fersen?«

»Mehr als zehn sind es nicht, beim nächsten Treffen reduziere ich die Zahl auf maximal fünf.«

»Bei solchen großen Fortschritten bist du bald geheimdiensttauglich.«

Gunnar schoss das Gespräch vom Vormittag in den Kopf, und er musste sich bemühen, ruhig zu bleiben. »Das wäre mir nun wieder zu aufregend.«

Er holte zwei Mandarinen und das Beatles-Buch aus seiner Schultasche.

«Hier, Nachmittagsverpflegung und etwas zum Lesen.«

Gabi lachte, nahm das Buch, blätterte darin, ehe sie es einsteckte. Während er die Mandarinen schälte, schmiegte sie sich an seinen Arm und küsste ihn zärtlich auf die Wange. »Erzähl mir mehr von dir. Ich rede immer so viel, dass du kaum zu Wort kommst.«

»Na gut, was willst du wissen?«

»Alles von dir. Was arbeiten deine Eltern, hast du Geschwister?«

Gabi legte sich bequem auf die Bank, den Kopf auf seine Oberschenkel, und blickte ihn neugierig an.

»Ich habe zwei Schwestern«, begann er. »Heike ist sieben Jahre älter als ich, Ingrid vierzehn Jahre. Mein Verhältnis zu ihnen ist wohl deshalb nicht so eng. Die beiden haben ihre Interessen, ihre Freunde. Ingrid lebt verheiratet mit Sohn als Lehrerin in Jena. Heike ist Säuglingsschwester, auch verheiratet, in Bad Lauchstädt, westlich von Merseburg. Meine Eltern haben einen sehr alten Bauernhof, seit hundertfünfzig Jahren in Familienbesitz.«

»Dann habt ihr viel Land?«

»Soweit ich weiß, gehören zum Hof gerade mal zwanzig Hektar. Klein genug, um nach dem Krieg nicht enteignet zu werden. Meine Eltern waren noch lange selbstständige Bauern. Sie sind irgendwann in die LPG eingetreten, weil sie dem Druck nicht mehr standhalten konnten. Die Abgaben wurden erhöht, Helfer konnten sie nicht mehr einstellen, die Arbeit war einfach zu schwer. Besonders meine Mutter hielt es nicht aus. Sie kommt aus behüteten Verhältnissen von der Nordseeinsel Amrum.«

»Amrum? Davon habe ich gelesen. Muss schön dort sein, so ähnlich wie an der Ostsee?«

»Ich war als Kleinkind dort, habe nur verschwommene Erinnerungen. Nur eins sehe ich noch deutlich vor mir: wie der Zug, mit dem wir kamen, auf der Mole am Fährhafen Dagebüll stand. Das Meer hatte sich zurückgezogen, Ebbe. Wegen des Sturms blieben die Passagiere im Waggon. Ich bin immer von einer Wagenseite zur anderen gelaufen, um zu sehen, wann das Wasser endlich zurückkommt.«

»Wie haben sich deine Eltern kennengelernt?«

»Mein Vater war während des Krieges Soldat auf Amrum. Er sollte englische Tiefflieger bekämpfen, die die Fähren beschossen. Er hat erzählt, dass man wohl mal einen getroffen hat. Danach flogen die Engländer nicht mehr über die Insel, sondern um sie herum. Vermutlich dadurch hatte er dann Zeit, den Friesinnen nachzustellen, und so meine Mutter kennengelernt.«

»Das klingt romantisch.«

»Zum Schluss musste mein Vater nach Ostpreußen, wo er verwundet wurde. Zum Glück kam er in ein Lazarett in Halle.«

»Und wie ist deine Mutter nach Wallendorf gekommen?«

»Weißt du, mein Vater wollte auf Amrum bleiben. Leider fiel sein Bruder, der den Hof übernehmen wollte, kurz vor Kriegsende. Mein Vater konnte seine Eltern mit dem Hof nicht alleinlassen und blieb gegen seinen Willen. Meine Mutter ist Ende 1945 hierhergekommen. Ihre Eltern betrieben auf der Insel eine Pension. Die Gäste waren gebildete, wohlhabende Leute. Meine Mutter empfand den Wechsel hierher als einen furchtbaren Einschnitt. Aber sie hat meinen Vater eben geliebt. «

»Dann habt ihr noch Verwandte im Westen?«

24

»Ja, meine Mutter hat sechs Geschwister. Mit deren Kindern kommt da was zusammen. Außerdem lebt die Schwester meines Vaters auch drüben, in Kassel.«

»Würdest du sie gern mal besuchen?«

»Klar. Meine Mutter erzählt so viel von Amrum, dass ich manchmal denke, ich kenne die Insel besser als Wallendorf.«

Sie schwiegen und hingen ihren Gedanken nach. Gabi sah auf die Uhr. »Schon fast vier. Ich muss mit meinem Vater einkaufen und etwas besprechen.«

»Schade. Mit deinem Vater kannst du doch abends reden.«

»Geht nicht, dann ist meine Stiefmutter zu Hause. Die braucht nicht alles zu wissen.« Gabi lachte. »Übermorgen erzähle ich dir von mir.«

»Du fährst nicht zurück nach Halle?«

»Nein, ich bin doch offiziell krank. Und ich will dich sehen.«

»Hinterfragt Beate das nicht?«

»Mir fällt für die immer eine Ausrede ein.«

»Dann treffen wir uns hinter der Saalebrücke, in der Neumarktkirche, gegen eins? Ich schwänze die letzte Schulstunde, dann wird mir keiner folgen.«

Vorsichtig traten sie aus der Nische. Vor ihnen lag der menschenleere Park. Sie gingen in entgegengesetzten Richtungen davon.

Gunnar kam gegen fünf Uhr nach Hause, wo er seine Mutter im Wohnzimmer vorfand, in ihren Augen Angst und Tränen. Er fragte unsicher, was passiert sei. Sie schluchzte und nahm ihn in die Arme. »Ich war heute im Krankenhaus in Merseburg, wegen der Ergebnisse der Untersuchung. Der Arzt sagte, ich habe Brustkrebs.«

Sie presste die Lippen zusammen. Gunnar war sprachlos. Er hatte sie noch nie verzweifelt oder leidend erlebt. Er hielt sie für eine starke Frau. Immer für alle da, regelte sie neben der schweren Arbeit für die LPG den gesamten Haushalt.

»Wie schlimm ist es?«

»Wahrscheinlich wird man mir eine Brust abnehmen.« Sie sprach den Satz mit einer für Gunnar peinlichen Offenheit aus und begann wieder zu weinen.

»Dein Vater kommt bald. Ich möchte es ihm unter vier Augen beibringen.«

Martha bat Gunnar, Nudeln, Mehl und Bier im Dorfladen zu besorgen, und gab ihm Geld. Er überlegte die ganze Zeit, wie er mit der Situation umgehen sollte. Die Tragweite der Diagnose war für ihn nicht nachvollziehbar. Ihm fiel nur ein, später genauer nachzufragen. Auf dem Weg zum Laden kam ihm das besondere Ereignis der vergangenen Woche in den Sinn: Am Mittwochnachmittag hatten sich mächtige Gewitterwolken über dem Dorf aufgebaut. Gunnars Mutter war mit fünf Frauen vom LPG-Vorsitzenden und Parteisekretär Erwin Ernst beauftragt worden, in einer Feldscheune Strohballen ordentlich zu stapeln. Platz sollte geschaffen werden für verschiedene Maschinen und Geräte. Wegen des einsetzenden Regens waren die Frauen mit dieser Arbeit sehr zufrieden. Oscar, Gunnars Vater, kam auf seinem Traktor mit Anhänger dazu. Er berichtete Ernst, er habe eine Kartoffelerntemaschine reparieren lassen und brauche jetzt die Frauen als Besatzung, um einen weit entfernten Kartoffelacker abzuernten. Strohstapeln sei wohl angenehmer, aber die Maschine habe auch ein schützendes Dach. Oscars Forderung wurde von Ernst barsch abgewiesen. Er habe das Sagen, die Frauen hätten in der Scheune zu arbeiten. Dann stieg er in seinen Diensttrabant und fuhr zum Dorf.

Oscar hielt das Ernten für deutlich dringlicher. Kurzerhand forderte er die lauthals protestierenden Frauen entgegen Ernsts Anweisung auf, ihm zu folgen. Die stiegen nur deshalb auf den Anhänger, weil der Regen gerade nachließ. Sie waren keine einhundert Meter von der Scheune entfernt, als mit unheimlichem Getöse ein Blitz in die Scheune einschlug. Das Gebäude begann sofort zu brennen, mit ihm Stroh, Luzerne, Raps und Getreide. Erschrocken starrten alle hinüber. Innerhalb von Minuten loderten die Flammen bis über das Dach. Oscar gab geistesgegenwärtig Gas, um aus der Gefahrenzone herauszukommen. Im Dorf begannen Sirenen zu heulen, die Freiwillige Feuerwehr machte mobil. Den Frauen wurde klar, dass sie ohne Oscar und dessen Missachtung der Anweisung des Vorsitzenden wahrscheinlich verbrannt wären. Aller Unmut war verflogen, Marthas Mann war der Held der Stunde.

Die Scheune brannte bis auf die Grundmauern nieder. Die Feuerwehr hatte nichts retten können. Es herrschte große Erleichterung, dass weder Tote noch Verletzte zu beklagen waren. Die Nachricht, die Frauen hätten nur überlebt, weil Oscar die Anweisungen des

Vorsitzenden ignoriert hatte, verbreitete sich schnell. Oscar spürte, dass sein Chef ihm das übel nehmen werde. Ernst gab sich froh, dass es keine Opfer gegeben hatte. Er wünschte sich, er hätte die Frauen gerettet. Aber dass er als derjenige erschien, der die Frauen in Lebensgefahr gebracht hatte, verbitterte ihn. Er sah sein Ansehen beschädigt, das ihm so wichtig war.

Mit großem Stolz auf ihren Mann lud Martha ihre Kolleginnen samt Ehemännern für den Sonnabend zu einer Geburtstagsfeier ein. Mit bestem Essen und viel Alkohol feierte die Gesellschaft bis in die Morgenstunden. Oscar genoss es, im Mittelpunkt zu stehen. Noch nie hatte Gunnar seine Eltern so ausgelassen gesehen. Und nun bescherte der Montag seiner Mutter eine solche Nachricht.

Im örtlichen Lebensmittelladen herrschte großer Andrang. Viele kamen von der Feldarbeit und wollten noch rechtzeitig einkaufen. Gunnar stellte sich an. Das endlose Warten kam ihm heute gelegen; es zog ihn nicht nach Hause, die bedrückende Stimmung dort schreckte ihn ab. Als er den Laden mit den Einkäufen verließ, stieß er auf Leo. Der hatte offensichtlich nichts zu tun und suchte jemanden zum Reden. Gunnar und Leo waren seit dem Tag ihrer Einschulung beste Freunde. Leos Vater, Stefan Möbius, war der Damenfriseur im Dorf. Der Salon gehörte Leos Großvater, der zumeist den Männern die Haare schnitt. Beide waren über die Verhältnisse und Gesprächsthemen im Dorf am besten informiert.

Leo hatte gute Laune. Er konnte es immer kaum

abwarten, Neuigkeiten zu erzählen. »Heute war Erwin Ernst im Salon. Mein Opa hat erzählt, der sei regelrecht wütend, wegen der Gerüchte.«

Gunnar tat ahnungslos. »Welche Gerüchte?«

»Tu nicht so. Die wegen des Brands der Feldscheune natürlich. Es stinkt dem Ernst gewaltig, dass gestreut wird, die Frauen hätten deshalb überlebt, weil sich dein Vater über seine Anweisungen hinweggesetzt hat.«

»Kein Mensch konnte wissen, dass der Blitz einschlägt. Deshalb ist das nichts als Gerede.«

»Na ja. Aber ihr habt groß gefeiert, es wurde wohl über Ernst gespottet, und das ist ihm zu Ohren gekommen.«

Gunnar fragte sich, wer die leichtsinnigen Anspielungen ausgeplaudert haben könnte.

»Was hat Ernst genau gesagt?«

»Weiß ich nicht. Mein Opa meinte, dass er andeutete, Frau Kohle habe ihm etwas erzählt, und dass der Mechlenburg noch bereuen werde.«

Gunnar spürte die Bedrohung. Erwin und Anni Ernst hatten in Wallendorf Macht und Einfluss. Gunnar dachte an das Gespräch mit Schöner und Rasel. Was, wenn seine Eltern Schwierigkeiten bekämen, ausgerechnet jetzt? Was, wenn er auf den Vorschlag von Schöner einginge? Könnte er ihnen damit helfen?

»Leo, lass uns morgen reden. Ich muss nach Hause, Abendessen kochen.«

Leo grinste ihn an. »Bist du jetzt die Hausfrau?«

»Blödsinn. Meine Mutter war im Krankenhaus zu einer Untersuchung. Sie hat Brustkrebs.«

29

Leo sah Gunnar verständnislos an. Gunnar tippte ihm nur auf die Schulter und ging geradewegs zum Hof seiner Eltern. Ihn befiel große Angst vor dem, was seiner Mutter bevorstand. Angst auch vor der Rache des LPG-Vorsitzenden und vor Schöner. Gunnar ahnte, dass sich sehr bald vieles ändern würde.

Gabi wäre gern länger bei Gunnar geblieben, doch ihr Vater wartete. Auf dem Weg zu ihm dachte sie ein wenig eifersüchtig an Gunnars Familiengeschichte. Da schien alles harmonisch abzulaufen. Ihre Eltern hatten sich oft gestritten, bis es zur Trennung kam. Gabi liebte beide und hatte sich eine Versöhnung so sehr gewünscht. Aber beide fanden neue Partner. Ihre Mutter heiratete Andreas, stritt sich aber auch oft mit ihm. Sie hatten in Erfurt gewohnt, zogen dann nach Halle um, weil er versetzt wurde. Er schien in der Partei von Bedeutung zu sein. Zum Glück für Gabi war er nur selten zu Hause. Ihre Mutter arbeitete in Halle als Krankenschwester in einer Poliklinik. Gabi verstand nicht, was ihre Mutter an Andreas mochte. Sie vereinsamte wegen seiner dauernden Abwesenheit. Da er kaum etwas über seine Arbeit erzählte, unterstellte sie ihm, er habe eine Geliebte. Er entgegnete immer nur, er arbeite für das Wohl der Gesellschaft und somit auch für sie.

Je mehr Gabi darüber nachdachte, umso mehr freute sie sich, Gunnar kennengelernt zu haben. Sie fand es immer noch unbegreiflich, was mit ihr passiert war an jenem Morgen in dem LKW. Sie hatte die Augen aufgeschlagen und war augenblicklich verzaubert gewesen von dem Jungen, der ihr gegenüber saß. Von seiner Schüchternheit, und dann auch von seiner Zärtlichkeit. Seit dem Rendezvous am Teich fühlte sie sich mit ihm auf eine innige Art verbunden. Er küsste wunderbar und berührte sie auf eine Art, von der sie Gänsehaut bekam. Und er war witzig und schwärmte von großen Reisen. Paris hatte es ihm angetan. Er konnte es derart beschreiben, dass Gabi sich vorkam, als spaziere sie an seiner Seite auf den Champs-Élysées. Nur mit ihr wollte er die Atmosphäre der Stadt genießen. Seine verrückten Einfälle taten ihr gut. Hartmut, ihr Freund aus der Zeit in Erfurt, hatte nie von Abenteuern in fremden Ländern geschwärmt. Gabi genoss Gunnars Leichtigkeit und Leichtsinnigkeit, die ablenkten von der Schwere der Probleme in Halle und von der Enttäuschung durch Hartmut, der ihre Beziehung abrupt beendet hatte. Sie fand, dass jetzt Zeit und Gelegenheit war für einen Neuanfang. Schon während Gunnars Erzählung von Amrum hatte sie sich gewünscht, mit ihm die Insel zu besuchen. Er würde ihr alles zeigen, mit ihr in den Dünen liegen, sie küssen.

Anni Ernst stand in der Küche, um das Abendessen für ihren Mann und die beiden Söhne vorzubereiten. Sie dachte an Rasel, diesen attraktiven Junggesellen. Er hatte sie vom ersten Augenblick an in seinen Bann gezogen, entzog sich aber ihren Avancen. Sie wusste, dass er sie nicht anziehend fand. Aber sie würde nicht zögern, ihren Mann, der nicht mehr mit ihr schlief, mit Rasel zu betrügen. Zudem hatte Rasel Einfluss in der Partei. Sie hoffte auf seine Unterstützung bei ihrem Plan, eine Schulleiterstelle in Merseburg zu ergattern. Die Dorfschule reichte ihr nicht mehr. Ihr war klar, dass sie versuchen musste, Rasel mit Kenntnissen und weiblichen Attributen zugleich zu beeindrucken. Sie ging ins Bad, verschloss die Tür. Der große Spiegel führte ihr die Problemzonen gnadenlos vor Augen. Mit geübten Griffen löste sie den riesigen, grauen Haarknoten. Eine andere Frisur musste her, eine moderne. Und eine Färbung der grauen Strähnen. Stefan Möbius kam ihr in den Sinn. Sie hatte seinen Salon immer gemieden. Die Frauen im Dorf verließen ihn jedoch stets tadellos frisiert. Und Möbius kannte die Sorgen und Nöte im Dorf. War nicht sein Sohn Leo mit Gunnar Mechlenburg befreundet? Anni dachte, hier könne sie sicher das Angenehme mit dem Nützlichen verbinden.

Sie lenkte ihre Aufmerksamkeit wieder auf den Spiegel. Das graue Kostüm, von dem sie mehrere im Schrank hatte, wirkte wie eine verblichene Uniform. Aber auf das Äußere hatte sie ja nie Wert gelegt, sondern ihre Aufgabe als Direktorin stets als vorrangig gesehen. Sie zog das Kostüm aus und stellte kritisch fest, dass ihrer Figur ein paar Kilo weniger guttun würden. Sie war überzeugt, dass ihr Mann sich deshalb nicht mehr für sie interessierte. Sie dachte an Abnehmen und Kosmetik. Und an Sport, aber der war gewiss nicht ihre Passion. Doch nahm sie sich vor, öfter mit dem Rad zu fahren. Würde sie konsequent sein, würde sie in ein paar Wochen ihr Ziel erreichen. Erwin mochte sich wundern, was diese Wandlung ausgelöst hatte. Ihr würde etwas einfallen. Der Plan machte ihr Lust in jeder Beziehung. »Die Jagd ist eröffnet«, sagte sie der Frau im Spiegel und verließ das Bad, um sich im Schlafzimmer für das Abendessen umzukleiden.

Erwin Ernst trat in die Küche. »Was gibt es zu essen?« Irritiert registrierte er, dass Anni in einem Festkleid am Herd stand.

»Erwarten wir Gäste?«

Selbstbewusst schaute sie ihn an. »Erwin, ich war jahrelang eine graue Maus. Das ist vorbei. Ich möchte attraktiv für dich sein, und ich wünsche mir, dass du wieder mit mir schläfst.«

Erwin Ernst, im ersten Moment verunsichert, reagierte schlagfertig. »Wunderbar! Und dann deine Kochkünste. Was hast du heute für uns gezaubert?«

»Königsberger Klopse«, sagte sie, »nur für euch. Ich habe mit einer Diät begonnen.«

»Du bist ein Schatz. Ich unterstütze dich natürlich gern.« Damit verließ er die Küche, seine Söhne zum Essen zu rufen, und fragte sich, welche Folgen Annis Ankündigung für ihn haben könnte.

Als Gunnar nach Hause kam, saß die Familie schweigend in der Küche, neben den Eltern auch Ingrid und Heike. Ingrid war für den Tag aus Jena gekommen. Martha wischte sich die Tränen aus den Augen. Sie hatte von der Diagnose und den Konsequenzen berichtet.

Auf dem Herd stand ein Topf mit kochendem Wasser, auf dem Küchentisch ein zweiter mit Tomatensoße. Mit gespielter Ausgelassenheit sagte Gunnar, dass heute er die Nudeln kochen werde. Martha bremste ihn. »Lass sein, ich mach das schon. Decke bitte den Tisch!« Sie war froh, eine Aufgabe zu haben. Ehe Gunnar reagierte, sprangen seine Schwestern auf und holten Geschirr und Besteck.

Während des Abendessens sorgte Gunnar, das heikle Thema meidend, für Ablenkung, indem er berichtete, dass der Ernst sich sehr über den Spott auf der Geburtstagsfeier geärgert habe. Vermutlich habe Frau Kohle, eine der geretteten Frauen, ihm etwas verraten. In dem Moment schien keiner mehr an Marthas Erkrankung zu denken. Man erregte sich über die Kohle. Oscar habe auch sie gerettet, und nun das.

Gunnar konnte dann seine Frage nicht länger aufschieben: »Wann musst du denn ins Krankenhaus, Mutti?«

»Nächsten Sonntag«, antwortete sie gefasst. »Die Operation ist am Montagmorgen um neun.«

»Wie lange musst du im Krankenhaus bleiben?«

»Das wird erst nach der Operation entschieden. Ich weiß auch nicht, wann ich danach wieder arbeiten kann.«

»Und wie geht das hier ohne dich?«

Als hätte sie auf diese Frage gewartet, stellte Martha ihren Plan vor: »Heike achtet auf die Dinge im Haus und kocht. Die paar Tage geht das. Du musst Vati bei der Arbeit mit den Tieren helfen. Zum Glück ist die Ernte fast vorbei. Um dein Zimmer kümmerst du dich selbst. Damit wird es sowieso Zeit, du bist ja schon fast erwachsen.«

Sein Vater, der die ganze Zeit geschwiegen hatte, nickte Gunnar zu. Gunnar war nicht klar, was seine

Mutter mit dem letzten Satz meinte. Er fühlte sich matt. Das Gespräch mit Rasel und Schöner lag ihm auf der Seele. Er hatte keine Ahnung, wie er sich verhalten sollte. Sozialismus war nicht seine Sache und an irgendwelche Karrieren hatte er bisher nicht gedacht. Sein Vater äußerte sich manchmal sehr abfällig über ›die Kommunisten‹. Sie hätten ihn in die LPG gezwungen, ihm sein Land genommen. Dass das auch Vorteile hatte, etwa in den Urlaub fahren zu können, verschwieg er. Gunnar wusste, wie sehr sein Vater Amrum mochte und wie sehr er bedauerte, seit der Grenzschließung nicht einmal mehr zu Besuch dorthin fahren zu können. Und Gunnars Mutter verstand unter ›Zuhause‹ eben noch immer die Insel. Er hatte manchmal das Gefühl, dass sie ihrem Mann die Schuld gab für die harte Arbeit, ›die Gefangenschaft‹, wie sie es einmal nannte. Auch für eine ungerechte Behandlung durch ihre Schwiegermutter in den Nachkriegsjahren. Gunnar dachte an das letzte Gespräch mit Gabi und daran, wie freudig seine Eltern jedes Mal waren, wenn die Verwandten aus dem Westen zu Besuch kamen, und wie traurig sie wurden bei ihrer Abreise. Wohl deswegen, vermutete Gunnar, hatte auch Ingrid sich geweigert, mit ihrer Hochzeit jenen Teil der Familie aufzugeben. Er spürte nun umso mehr, dass auch er sich nicht beschränken lassen und seine Familie hintergehen wollte, sondern reisen wollte, frei und unabhängig. In dieser Stimmung entschied er, noch immer am Küchentisch sitzend, Schöners Angebot nicht anzunehmen.

Die Familie Möbius saß am Montagabend beim Essen in der Küche. Karl Möbius, Familienoberhaupt und Patriarch, legte großen Wert darauf, dass sein Sohn Stefan und die Enkel zur Abendmahlzeit zusammenkamen. An der Anwesenheit seiner Schwiegertochter Katarina lag ihm nichts, obwohl sie ihm drei Enkelkinder beschert hatte. Er war gegen die Heirat seines Sohnes mit dieser Künstlerin gewesen. Als sie zum zweiten Mal schwanger war, tauchten im Dorf Gerüchte auf, das Kind stamme aus einer Affäre mit einem Kollegen. Es war ein Mädchen und bekam den Namen Conny. Karl Möbius hätte zu gern erfahren, ob das mit der Affäre stimmte, aber weder Stefan noch Katarina verloren ein Wort darüber. Conny wuchs in einer Art Narrenfreiheit auf, wogegen Karl an Leo, ihren älteren Bruder, hinsichtlich Schule und Mithilfe in Haushalt und Garten hohe Ansprüche stellte. Leo empfand das als ungerecht. Meist bestimmte Conny das Gespräch beim Abendessen und berichtete gern ausführlich von ihren Erlebnissen. Diesmal wandte sie sich neugierig an Leo.

»Hat Gunnar eine Freundin? Ich habe ihn heute nach der Schule gesehen. Er kam mit einem Mädchen aus dem Unterstand im Park hinter dem Sportplatz. Sie haben sich geküsst und gingen in entgegengesetzten Richtungen auseinander. Gunnar lief direkt an mir vorbei Richtung Innenstadt. Er war fröhlich und dermaßen mit sich beschäftigt, dass er mich nicht bemerkte.«

Leo war erstaunt. »Von einer Freundin weiß ich nichts. Wie sieht sie denn aus?«

»Ihr Gesicht konnte ich nicht erkennen. Sie hat mittellange braune Haare und trug eine blaue Jakke und Jeans. Mit Sicherheit geht sie nicht in unsere Schule. Aber du solltest Bescheid wissen, Gunnar ist doch dein bester Freund.«

Leo dachte etwas verärgert: Warum hat er mir nichts erzählt? Ich erzähle ihm doch auch alles.

Um seine Position zu retten, sagte er unbeholfen: »Gunnar verhält sich in letzter Zeit merkwürdig. Vielleicht, weil seine Mutter an Krebs erkrankt ist. Ich habe ihn erst vor ein paar Tagen gefragt, wie es bei ihm mit einer Freundin aussieht. Er hat gesagt, er hat keine.«

Conny grinste. »Dann hat dein bester Freund wohl Geheimnisse vor dir.«

Alle starrten Leo an. Als der betroffen schwieg, fragte sein Vater in die Runde, warum der Mechlenburg zu seiner Geburtstagsfeier die dorfbekannte Tratschtante, Frau Kohle, eingeladen habe? Die könne doch nichts für sich behalten.

Bedeutungsschwer meinte Karl Möbius. »Eins ist sicher: Auf die Folgen darf man gespannt sein.«

Am nächsten Morgen stand Leo schon fünfzehn Minuten vor Abfahrt des Schulbusses an der Haltestelle. Er war wütend auf Gunnar, weil ihn seine Schwester derart unwissend vorgeführt hatte. Aus Eifersucht auf seine Schwester und die Enttäuschung über das mangelnde Vertrauen seines Freundes konnte er es nicht erwarten, Gunnar zur Rede zu stellen.

Gunnar erschien kurz darauf. Ihm war anzusehen,

dass er schlecht geschlafen hatte.

Leo kam sofort zur Sache: »Meine Schwester hat mir erzählt, dass du heimlich eine Frau triffst! Ist da was dran?«

»Woher will die das wissen?«

»Tut doch nichts zur Sache. Ist das so oder nicht?«

»Wird das ein Verhör?«

»Es stimmt also!«

Gunnar wollte wegen seines Versprechens nicht die Wahrheit sagen und Leo dennoch nicht belügen.

»Ja, ich treffe mich mit einem Mädchen. Du kennst sie nicht, sie ist nicht von hier. Für mich war es Liebe auf den ersten Blick. Ich habe sie gefragt, ob wir uns wiedersehen könnten. Sie sagte ›Ja‹, aber ich müsse versprechen, niemandem davon zu erzählen. Um sicher zu sein, dass sie kommt, versprach ich es, ohne darüber nachzudenken, dass ich es auch dir dann nicht erzählen kann. Tut mir leid.«

Leo musterte ihn misstrauisch. »Versprochen? Mir nichts zu sagen? Aha! Du bist ein Freund!«

»Ich hätte es dir erzählt. Ich wollte sie bei unserem nächsten Treffen fragen, wie ich damit umgehen soll.«

»Was für ein Scheiß. Nun sag schon, wer es ist!«

»Nein, ich werde zuerst mit ihr reden. Warum bist du so aggressiv? Ich habe gesagt, dass es mir leidtut.«

»Ich bin nicht aggressiv, sondern wütend, weil du mich für blöd verkaufen willst.«

»Es gibt doch keinen Grund, so heftig zu reagieren.«

Leo schwieg. Andere Schüler trafen an der Bushaltestelle ein. Leo entfernte sich von Gunnar. Während der Busfahrt starrte Leo nur aus dem Fenster. Nach dem Erreichen der Schule verlor Gunnar ihn aus den Augen.

Andreas Schöner saß an seinem Schreibtisch und sah aus dem Fenster. Er leitete als ›Offizier im Besonderen Einsatz‹ mehrere informelle Mitarbeiter. An einer verschiebbaren Tafel im Raum hinter seinem Büro hatte er die Namen der wichtigsten zu überwachenden Personen vermerkt, um nicht den Überblick zu verlieren. In einer Ecke, rot unterstrichen, stand der Name Mechlenburg. Schöner dachte an die Schwierigkeiten, die ihm diese Familie bereits gemacht hatte. Im zurückliegenden Juni, ausnahmsweise ein freies Wochenende an der Ostsee verbringend, war er telefonisch vom Ministerium beauftragt worden, eine gewisse Ingrid Mechlenburg vor ihrer Hochzeit mit einem Zollmitarbeiter zum Abbruch der Kontakte zu ihren Westverwandten zu bewegen. Schöner war damit unzufrieden, denn er sah in solchen Kontakten die Möglichkeit, an wichtige Informationen zu kommen. Er unterschätzte den Auftrag, gab ihn einem Untergebenen, der komplett versagte. Die Mechlenburg weigerte sich und brachte ihren Freund sogar dazu, seine vorgezeichnete Karriere beim Zoll aufzugeben. Als Schöner das erfuhr, nützte auch seine Einmischung nicht mehr. Die Verliebten ließen sich nicht umstimmen, zumal sie bereits einen Sohn miteinander hatten. Mit Ingrids Vater ein Wort zu wechseln, schien ihm die letzte Möglichkeit, die Situation aus der Welt zu räumen. Er lud ihn in den Merseburger Ratskeller ein.

Mechlenburg erschien und sagte, er werde weder

Familienbande lösen noch Druck auf Ingrid ausüben. Als Schöner mit Konsequenzen für ihn und seine Kinder drohte, sagte Mechlenburg, Schöner solle sich samt Stasi und Sozialismus zum Teufel scheren. Der Staat habe kein Recht, sich in Familienangelegenheiten einzumischen.

Schöner begann daraufhin, Mechlenburg als Staatsfeind zu denunzieren. Er bestellte ihn ein, um ihn in Gegenwart seines Vorgesetzten zu überführen. Mechlenburg aber bestritt alles und beteuerte, er habe sein Möglichstes getan, um seine Tochter umzustimmen. Die Liebe sei stärker gewesen.

Zu Schöners Leidwesen erhielt er von seinem Vorgesetzten keine Unterstützung. Der, misstrauisch geworden, weil Schöner in einer anderen Sache versucht hatte zu tricksen, stufte die Angelegenheit nach ein paar Telefonaten als unbedeutend ein und deutete im Kollegenkreis an, der Major sei an dieser simplen Aufgabe kläglich gescheitert.

Schöner, ehrgeizig und narzisstisch, verletzte das zutiefst. Machtlos gegenüber dem Vorgesetzten, wollte er die Niederlage zumindest Oscar Mechlenburg heimzahlen. Physische Gewalt lag ihm nicht, er liebte das subtile, psychologische Spiel. Bei Nachforschungen zu den Verwandten der Mechlenburgs stieß er auf den Namen eines leitenden Angestellten in einem Chemiekonzern, der sich immer während der Leipziger Messe in der DDR aufhielt. In diesem Konzern wollte Schöner einen Informanten platzieren und befand den gerade einmal 15-jährigen Gunnar als geeignet für eine Anwerbung.

Schöner saß noch immer an seinem Schreibtisch, den Blick nun auf die Tafel im Nebenzimmer gerichtet. Er dachte wieder daran, dass ein Plan ohne Wissen seines Vorgesetzten heikel war und dass er Rasel fast schon zu viele Details mitgeteilt hatte. Aber wenn alles wie geplant gelänge, würde es seinen Kollegen die Sprache verschlagen.

Zuversichtlich stand Schöner auf und sah von seinem Bürofenster auf die Straße herab. Junge Mädchen gingen unten Arm in Arm vorbei. Gabi kam ihm in den Sinn. Ihr Vater hatte ihn angerufen. Sie sei krank und müsse einige Tage in Merseburg das Bett hüten. Schöner hatte das schlicht so hingenommen und wegen seiner beruflichen Beanspruchung auch nicht weiter darüber nachgedacht. Jetzt aber griff er zum Telefon und wählte die Nummer eines Kollegen in Merseburg.

»Genosse Platzek, ich brauche Sie in einer vertraulichen Angelegenheit. Meine Stieftochter besucht ihren Vater in Merseburg. Angeblich ist sie erkrankt. Mein Gefühl sagt mir, dass da etwas nicht stimmt.«

»Verstanden. Geben Sie mir bitte die nötigen Informationen, dann sehe ich mal nach dem Rechten.«

Schöner lieferte Platzek eine kurze Zusammenfassung, und damit war die Überwachung Gabis angeschoben.

Martha hatte sich etwas vom ersten Schock erholt. Es gelang ihr, die Angst zu verdrängen und sich durch Arbeit im Haushalt abzulenken. Für die Zeit ihrer Abwesenheit wollte sie alles vorbereitet wissen. Obwohl der Arzt sie nicht krankgeschrieben hatte, blieb sie zu Hause. Er war überraschenderweise der Meinung, dass dies erst nach der Operation notwendig sei. Ihr seelischer Zustand interessierte ihn nicht. Sie hatte in den letzten Nächten kaum geschlafen. Gunnar bemerkte ihre Müdigkeit und wollte helfen. Erfreut nahm sie an, und genoss es, ihren Sohn in diesen Stunden für sich zu haben. Sie betrachtete ihn wie lange nicht. Ihr fiel auf, dass er erwachsen geworden war. Wegen der Arbeit auf Hof und Feld waren längere Gespräche zwischen ihnen sehr selten geworden. Vorsichtig fragte sie ihn, wie es in der Schule und seinen Freunden ginge. Auch aus Mitleid antwortete Gunnar freimütig, ohne jedoch auf Gabi oder Schöner einzugehen.

Martha erzählte dann Geschichten aus Gunnars Kindheit. Dass er kaum eine Kinderkrankheit ausgelassen habe. Er fragte nach ihrer Kindheit. Sie berichtete von Amrum, von ihren Eltern und deren Vorfahren, darunter drei die Familientradition prägende Inselpastoren. Deshalb wurde seine Mutter in der Frauenhilfe aktiv, sein Vater Mitglied im Kirchenvorstand, und die Kinder waren entsprechend nach der Christenlehre konfirmiert worden.

Als Heike am späten Nachmittag zu Hause eintraf, fand sie ihre Mutter und Gunnar in ausgelassener Stimmung. Auf dem Küchentisch stand eine fast leere Likörflasche. Noch im Mantel beeilte Heike sich, auch einen Schluck zu ergattern. Erfreut, dass es ihrer Mutter besser ging, erzählte sie eine Neuigkeit: Der Hausmeister der Dorfschule, Herr Hohlfeld, habe vorgestern seinen Freund Martin Bauer um eine Marderfalle gebeten, denn ein Fuchs habe ein Kaninchen aus seinem Stall geholt. Martin lieh ihm bereitwillig das Gerät. Heute Morgen der Erfolg. Nur hatte Hohlfeld keinen Fuchs gefangen, sondern einen rötlichen Hund, den Hund seines Freundes Martin.

So furchtbar das eigentlich war: Martha und ihre Kinder mussten lachen, bis ihnen die Tränen liefen. Martha war in diesen Stunden glücklich. Sie hatte ihre Tragödie vergessen können und zum einst besonderen Vertrauensverhältnis zu Gunnar zurückgefunden.

Die Familie Möbius hatte gerade das Abendessen beendet, als die Klingel im Salon schrillte. Stefan Möbius sah auf die Uhr. »Gott, jetzt habe ich fast vergessen, dass noch eine Kundin kommt.«

Sein Vater fragte verständnislos, weshalb das denn abends um acht sein müsse. Stefan antwortete, die Kundin komme zum ersten Mal und habe tagsüber keine Zeit. Er erhob sich und ging rasch in den Salon.

Anni Ernst stand vor der Tür, mit vorwurfsvollem Blick.

»Herr Möbius, ich weiß nicht, ob es klug ist, eine neue Kundin warten zu lassen.«

»Guten Abend, Frau Ernst, kommen Sie rein. Und entschuldigen Sie bitte, ich war noch beim Abendessen. Meine Tochter hatte Neuigkeiten zu berichten. Dabei habe ich nicht darauf geachtet, wie spät es schon ist.«

»Davon müssen Sie mir nachher erzählen. Aber erst geht es um meinen Kopf. Die Zeit ist reif für eine andere Frisur.«

Sie holte eine Westzeitschrift aus ihrer Tasche, blätterte darin, bis sie eine Seite mit Beispielen fand.

»Hier, so stelle ich mir das vor. Man nennt die Frisur ›Bob‹, falls Sie es genau wissen wollen.«

Sie warf die Zeitschrift auf den Frisiertisch, zog ihren Mantel aus, den er, die Augen verdrehend, aufhängte. Er bat sie, sich zu setzen, und bot ihr ein Glas Sekt an, das sie ablehnte.

Möbius legte ihr den Frisierumhang an und löste ihren Haarknoten. Er fragte sie, ob sie sich sicher sei mit dem ›Bob‹.

»Natürlich bin ich sicher. Ich vertraue auf Ihre Erfahrung. Die Frisur muss modern sein, und sie muss zu mir passen.«

Möbius wurde selbstbewusst. »Sie haben wunderbar kräftiges Haar. Sicher kenne ich den ›Bob‹. Ihre Familie, Kollegen und Freunde werden staunen. Sie werden ein anderer Mensch.«

»Solange Sie es nicht mit Gehirnwäsche versuchen, ist mir alles recht.«

»In der Hinsicht müssen wir uns keine Sorgen machen, ich halte Sie diesbezüglich für resistent. Aber ernsthaft, ich schneide die Haare schulterlang und färbe sie dunkelblond mit hellen Strähnen. Die übergroßen Lockenwickler sorgen für leicht welliges Haar. Das Ganze kann gern ein bisschen unruhig wirken. Sie werden damit zehn Jahre jünger aussehen.«

»Das höre ich gern.«

»Darf ich fragen«, fuhr er fort, »warum Sie sich so grundlegend verändern wollen?«

»Das braucht eine Frau von heute.«

Möbius nickte verständnisvoll, dachte aber genau das Gegenteil. Die Frau lief seit Jahrzehnten in Sack und Asche herum und redete jetzt so. Seine Erfahrung sagte ihm, wenn Frauen sich verändern wollen, steckt ein Mann dahinter. Aber warum kam sie ausgerechnet in seinen Salon? Er würde das noch heute erfahren, das verriet ihm sein Instinkt.

Er schnitt das Haar oberhalb der Schulterblätter ab, wusch es und massierte die Kopfhaut ausgiebig mit Birkenhaarwasser. Entspannt zurückgelehnt, die Augen geschlossen, fragte Anni Ernst: »Was hat Ihre Tochter denn Spannendes erzählt?«

»Na ja, so spannend ist es nun auch wieder nicht. Unser Leo ist mit Gunnar Mechlenburg sehr eng befreundet. Er wusste offenbar nicht, dass Gunnar eine Freundin hat. Conny hat das Pärchen letzte Woche in Merseburg gesehen. Leo ist heute aus allen Wolken gefallen, weil Gunnar offensichtlich Geheimnisse vor ihm hat.«

»Und wer ist die ominöse Freundin?«

»Das ist das Merkwürdige. Niemand kennt sie.«

Frau Ernst sah ihn an: »Pubertät ist nun mal kompliziert. Kein Grund zur Sorge.«

»Mir ist das ja sonst gleichgültig. Aber wenn einer ein Geheimnis daraus macht, wird man schnell neugierig. Wussten Sie, dass Gunnars Mutter an Krebs erkrankt ist?«

»Wie furchtbar. Wie ernst ist es denn?«

»Ihr soll eine Brust abgenommen werden, nächste Woche schon. Vermutlich wird sie Invalidenrentnerin.«

»Das tut mir sehr leid für sie. Andererseits könnte

sie dann in den Westen reisen.«

»Ich kann vielleicht in Erfahrung bringen, wie da die Ambitionen sind. Gunnar erzählt Leo alles, oder wenigstens fast alles.«

»Interessant, Herr Möbius. Ich nehme gern mehr am Dorfleben teil. Wenn ich heute mit Ihrem Werk zufrieden bin, würde ich einmal pro Woche kommen.« Vertraulich flüsterte sie: »Ich möchte attraktiver werden. Unterstützen Sie mich. Sie werden profitieren.«

Möbius hatte längst verstanden. Obwohl er das System im Grunde ablehnte, sah er Vorteile für sein Geschäft.

»Gern, Frau Ernst. Ich hoffe, Sie können meinen Salon bei Gelegenheit in Ihren Kreisen empfehlen.«

»Ich sehe, wir verstehen uns.«

Als Anni Ernst nach Hause kam, machten ihr sowohl Erwin als auch ihre beiden Söhne große Komplimente. Erfreut dachte sie, dass dies die erste einer ganzen Reihe von positiven Veränderungen sein werde.

Am Mittwochmorgen fuhr Gunnar trotz des regnerischen Wetters mit seiner Maschine zu Schule. Die Schultasche ließ er zu Hause. Er versuchte, sich unauffällig zu verhalten, und parkte etwas zurückgesetzt am Schulsportplatz. Von Leo hielt er sich fern. Erst wollte er mit Gabi sprechen.

Vor Ungeduld war er kaum in der Lage, dem Unterricht zu folgen. So viel war geschehen, was er Gabi anvertrauen wollte.

Vor der letzten Stunde verließ er zügig das Schulgebäude durch eine Seitentür. Um sicher zu sein, dass ihm niemand folgte, fuhr er einige Umwege und dann über die Saalebrücke zur Neumarktkirche.

Gabi stand geschützt im Eingang. Mit der tief ins Gesicht gezogenen Kapuze war sie kaum zu erkennen. Als sie ihn sah, lief sie ihm freudig entgegen. Gunnar stellte das Motorrad ab, nahm sie in die Arme und küsste sie.

»Was ist los?«, fragte sie mit einem Blick in sein Gesicht.

»Als ich am Montag nach Hause kam, empfing mich meine Mutter mit der Nachricht, sie habe Brustkrebs. Sie hat so geweint.«

»Das ist ja schrecklich.«

Gabi schaute Gunnar unsicher an. »Was passiert nun?«

»Eine schwere Operation. Die rechte Brust wird abgenommen.«

»Ich kann mir das nicht vorstellen. Ich hätte wahnsinnige Angst.«

»Wir haben alle Angst. Vermutlich hat meine Mutter jetzt den kühlsten Kopf, während mein Vater, Heike und ich nicht wissen, was wir tun sollen.«

»Was ist mit deiner ältesten Schwester?«

»Ingrid? Sie ist sofort zu uns gekommen, fuhr aber gestern wieder nach Jena.«

»Wann musst du zu Hause sein?«

»Zum Abendessen. Wir haben den Nachmittag für uns.«

»Wir könnten ein bisschen an der Saale entlanggehen.«

Er legte einen Arm um sie. Gabis Schulter passte

genau unter seine Achsel. »Nun musst du erzählen«, sagte er.

»Ich habe außer meinen Eltern und meiner Stiefschwester Beate keine Verwandten mehr. Meine Großeltern kenne ich nicht. Sie lebten alle schon nicht mehr, als ich geboren wurde.«

»Also in Merseburg wohnt dein Vater, und du wohnst bei deiner Mutter.«

»Ja, sie hat nach der Scheidung auch wieder geheiratet, aber keine Kinder mehr bekommen. Ihr zweiter Mann, Andreas, ist eigentlich mit der Partei verheiratet. Er meint, meine Mutter und ich zeigen kein Engagement in gesellschaftlichen Dingen. Früher war ich überall dabei, mit sehr guten Leistungen in der Schule. Mit 14 änderte sich das. In Erfurt hatte ich bald einen Freund, war häufig unterwegs. Voriges Jahr sagte Andreas, er sei nach Halle versetzt worden und wir müssten umziehen. Zweimal bin ich später heimlich nach Erfurt gefahren, um meinen Freund zu sehen, wurde jedoch beide Male aufgegriffen und zurückgebracht. Andreas drohte mit einem Heim für schwer erziehbare Jugendliche, sollte ich das noch einmal tun. Dann hat mein Freund mit seltsamen Erklärungen überraschend unsere Beziehung beendet. Ich bin davon überzeugt, dass Andreas das eingefädelt hat. Als sein Bruder einen Ausreiseantrag stellte, brach er jeden Kontakt zu ihm ab. Uns verbot er, dessen Namen je wieder in den Mund zu nehmen.«

»Was sagt deine Mutter dazu?«

»Die tut, was er will. Immerhin habe ich zum Ärger von Andreas durchgesetzt, meinen alten Familiennamen behalten zu dürfen.«

»Gabi, wie ist deine Adresse? Ich möchte dir schreiben.«

Das erste Mal spielte die Zukunft für ihn eine Rolle. Er wollte mit ihr zusammenbleiben. Sie nannte ihre Adresse. Er sagte sich, nach Halle-Trotha sei es ja gar nicht so weit. Nieselregen setzte ein. Es hatte keinen Sinn, den Spaziergang fortzusetzen. Sie kehrten um und gingen zügig zur Neumarktkirche zurück, in der sie Schutz vor dem Wetter fanden. Die Stille in der schlichten Kirche strahlte eine wunderbare Ruhe aus. Sie gingen vor zum Altar und nahmen in der ersten Reihe Platz.

»Was mir noch auf dem Herzen liegt: Mein bester Freund heißt Leo. Eigentlich haben wir voreinander keine Geheimnisse. Er weiß, dass ich mit einem Mädchen zusammen bin. Seine Schwester hat uns am Montag zufällig gesehen. Er ist beleidigt, weil ich ihm nichts von uns erzählt habe.«

»Du willst ihm sagen, wer ich bin?«

»Nur wenn du nichts dagegen hast.«

Während sie ihm in die Augen sah, dachte sie kurz an ihre Erfurter Freundin Heidi. Mit ihr hatte sie über alles reden können, ganz ohne Geheimnisse.

»Kein Problem. Am Sonntag muss ich zurück nach Halle. Den Samstagabend möchte ich mit meinem Vater verbringen. Wir könnten uns am Sonnabendnachmittag reffen. Wenn du möchtest, mit deinem Freund Leo. Im Ratskeller?«

Überrascht, dass Gabi sich so leicht umstimmen ließ, sagte Gunnar sofort zu.

Als sie die Kirche verließen, bemerkten sie den Mann nicht, der auf der anderen Straßenseite vorbeischlenderte und das alte Gemäuer fotografierte. Der Mann ging zu einem blauen Trabant, stieg ein und fuhr direkt zur Polizeidienststelle Merseburg. Schweigend nickte er dem Wachposten zu, stieg die Treppe in den Keller hinab zum Fotolabor. Nach einer halben Stunde lagen zehn Fotos auf seinem Schreibtisch. Er rief Schöner an, meldete Vollzug. Er habe den Beweis, dass Gabi nicht erkrankt sei, sondern einen Jungen getroffen habe. Schöner bat Platzek, einen Moment am Telefon zu bleiben. Er erwartete an diesem Abend noch einen Kollegen aus Leuna. Den rief er von einem anderen Apparat aus an und bat ihn, einen Umweg über Merseburg zu machen und einen Umschlag mitzubringen. Gegen acht Uhr wusste Schöner, dass der Junge Gunnar Mechlenburg war.

Anni Ernst beschloss, Rasel anzurufen. Sie wollte mehr als nur seine Informantin sein. Und das nicht allein ihrer Verliebtheit wegen, sondern auch, weil Oscar Mechlenburg ihren Mann zum Gespött hatte werden lassen. Nach dem kurzen Hallo ihres Kollegen übernahm sie sofort die Initiative.

»Herr Rasel. Ich habe Neuigkeiten. Bevor wir jedoch darüber reden, möchte ich gern eingeweiht werden. Sie haben doch sicher einen Auftrag von höherer Stelle?«

»Es ist mir nicht gestattet, über das Thema zu reden.« Noch bevor er den Satz beendete, bemerkte er seinen Fehler.

Anni Ernst überging die Bemerkung und erwiderte selbstbewusst: »Ich schlage vor, wir treffen uns mit Ihrem Führungsoffizier. Bitte vereinbaren Sie ein Gespräch noch in dieser Woche, vorzugsweise nachmittags. Ich werde mir die Zeit nehmen.«

»Frau Kollegin, warum so förmlich?«

»Aus einer gewissen Notwendigkeit. Ich erwarte Ihren Anruf. Auf Wiederhören.« Sie hoffte, ihn mit der knappen Antwort nicht zu sehr verschreckt zu haben, war aber mit ihrer Taktik sehr wohl zufrieden.

Rasel hatte dieses Verhalten nicht erwartet. Er rief Schöner an und schilderte die Situation. Schöner befürchtete Komplikationen, überlegte kurz und sagte: »Wir treffen uns am Freitagnachmittag bei Ihnen. Laden Sie Frau Ernst ein.«

Rasel sah auf seine Uhr. Kurz vor fünf. Er hatte erwartet, dass Anni Ernst die Gunst der Stunde nutzen und früher erscheinen würde. Schöner trat ein. Rasel reichte ihm die Hand und bot ihm einen Platz an. Schöner sah sich um.

»Bin ich zu früh?«

»Absolut pünktlich. Frau Ernst wird gleich da sein.«

Kurz darauf betrat auch Anni Ernst den Raum. Rasel erkannte sie mit der neuen Frisur kaum wieder. Wenngleich ihm ihre Garderobe etwas zu eng erschien, war sie für den Anlass elegant gekleidet und raffiniert geschminkt.

»Frau Ernst, bitte setzen Sie sich. Ich weiß gar nicht, was ich sagen soll. Ihre neue Frisur steht Ihnen ausgezeichnet.«

Rasel war unsicher, ob er das Kompliment ernst gemeint hatte. Anni lächelte.

»Danke, sehr charmant. Aber wollen Sie mich nicht vorstellen?« Rasel beeilte sich. Schöners eigentliche Tätigkeit und seinen Dienstgrad nannte er nicht.

Schöner wollte keine Zeit verschwenden. »Zur Sache! Was gibt es Neues vom Mechlenburg?«

Anni Ernst war vorbereitet. »Auch wenn nicht viel Zeit zur Recherche zur Verfügung stand, ich habe Informationen.«

Sie machte eine Kunstpause.

»Erstens konnte ich den Dorffriseur Möbius als Informanten gewinnen. Sein Sohn ist eng mit Gunnar Mechlenburg befreundet. Zweitens ist mitzuteilen, dass Gunnars Mutter wegen Brustkrebs operiert werden muss. Es ist wahrscheinlich, dass sie Invalidenrentnerin wird. Das könnte ihr Reisen in die BRD ermöglichen.«

Anni Ernst sah Schöner erwartungsvoll an. Der nickte nur, worauf sie fortfuhr:

»Drittens hat sich Gunnars Vater einer Anweisung meines Mannes widersetzt. Viertens habe ich erfahren, dass Gunnar eine Freundin hat. Er macht ein Geheimnis daraus. Ich hoffe, darüber in den nächsten Tagen mehr zu erfahren.«

Schöner dachte: Die Frau hat Talent. Er verschwieg, dass er bereits von der Freundin wusste. Nach anfänglicher Verärgerung über seine Stieftochter hatte er der Situation etwas Positives abgewinnen können. Sie versprach mehr verwertbare Erkenntnisse über Gunnar. Schöner dachte an seine Frau und deren gespanntes

Verhältnis zu Gabi.

»Was genau hat Oscar Mechlenburg getan?«

Anni schilderte aus ihrer Sicht kurz die Ereignisse um den Blitzeinschlag. Schöner ließ sich nicht anmerken, dass er einiges Verständnis für Mechlenburgs Verhalten hatte.

»Natürlich, Frau Ernst. Es geht nicht an, dass Mechlenburg einem verdienten Genossen und Vorgesetzten widerspricht und dann dessen Ansehen schädigt. Sie haben da meine volle Unterstützung.«

Schöner wandte sich an Rasel. »Neuigkeiten von Ihrer Seite? Etwas aus der Kirchengruppe?«

Rasel verneinte.

Schöner schaute Rasel lange an. »Ich erwarte dringend Wissenswertes aus diesem Bereich. Aber fassen wir zusammen. Es gibt mehrere gute Ansatzpunkte, die auszubauen sind. Informieren Sie mich über neue Entwicklungen. Und selbstverständlich bitte ich um Verschwiegenheit. Eins noch, Genosse Rasel: Wir haben bislang keinen neuen Termin mit Gunnar festgelegt. Wir verschieben das auf die Zeit nach der Operation seiner Mutter. Ich melde mich.«

Nachdem der Major sich verabschiedet und den Raum verlassen hatte, fragte Anni Ernst, was Schöner denn von Gunnar Mechlenburg wolle. Rasel sagte: »Er will ihn anheuern.«

Gunnar interessierte ihn im Moment in keiner Weise. Für ihn stand Anni Ernsts Verwandlung im Mittelpunkt.

»Sie haben hervorragende Arbeit geleistet. So zufrieden habe ich den Schöner noch nie erlebt.«

Anni nahm das Kompliment erfreut zur Kenntnis und erwiderte: »Wenn ich mich zu etwas entschlossen habe, dann ziehe ich das durch.«

»Ich sehe das und bin beeindruckt.«

»Wenn das so ist, mein lieber Rasel, was spricht denn jetzt gegen ein Gläschen Likör?«

Gar nichts, dachte Rasel. Er ahnte, dass er heute noch mit ihr Brüderschaft trinken würde.

Der Konflikt zwischen Erwin Ernst und Oscar Mechlenburg verschärfte sich. Nachdem Ernst von der denkwürdigen Geburtstagsfeier gehört hatte, hatte er von Erna Kohle gefordert, einen Bericht zu schreiben. Sie notierte die Namen und wer was gesagt hatte. Ernst weihte seine Frau ein, und sie berieten Möglichkeiten, wie er sein Ansehen wiederherstellen könnte.

An diesem Freitag bestellte Ernst Oscar in sein Büro. Der erschien pünktlich und ließ sich unaufgefordert auf einem Besucherstuhl nieder.

»Oscar, du weißt, warum wir dieses Gespräch führen.«

»Ich weiß nicht, was du meinst.«

»Ich aber weiß, was auf eurer Feier gesagt wurde. Du hast fälschlicherweise behauptet, die Frauen wären verbrannt, wenn du dich meinen Anweisungen nicht widersetzt hättest.«

Oscar wurde rot. »Was willst du mir unterstellen? Du weißt genau, was abgelaufen ist.«

Scheinbar gelassen fingerte der Vorsitzende eine Zigarette aus seinem silbernen Etui, zündete sie an und inhalierte tief, bevor er seinen Gedanken preisgab.

»Wir werden jetzt Folgendes tun. Wir werden gemeinsam im Dorf durchsickern lassen, dass du auf meine Anweisung hin die Frauen aus der Scheune geholt hast. Und dass du zuerst etwas anderes gesagt hast, weil du dich wichtigmachen wolltest und mich nicht ausstehen kannst.«

»Den Teufel werde ich!«

»Wenn du dich sperrst, werde ich dich und deine Familie fertigmachen. Ich sitze am längeren Hebel. Das Gespräch ist damit zu Ende. Ich muss nach Merseburg, zur Polizei.«

Oscar setzte zur Gegenrede an, aber Ernst deutete auf die Tür. Oscar verließ das Parteibüro. Er zwang sich zur Ruhe, versuchte die nächsten Schritte zu durchdenken. »Wir lassen im Dorf durchsickern«, hatte Ernst gesagt. Oscar dachte, Ernst würde seine Leute sofort damit beauftragen und ihn damit unter Zugzwang setzen. Er musste sich entscheiden: entweder die Wahrheit verteidigen oder um des Friedens willen mitspielen. Er dachte an Marthas Zustand. Er zweifelte an Ernsts Andeutung, so genau zu wissen, was während der Feier gesagt wurde. Allerdings hatte ja auch Gunnar berichtet, Erna Kohle habe Ernst etwas verraten. Aber als Oscar seinen Hof erreichte, war er überzeugt, bei der Wahrheit zu bleiben.

Freitagabend. Gunnar hatte sich zu Hause mit den Worten abgemeldet, er wolle noch mit Schulfreunden feiern. Seine Mutter rief ihm nach, er solle nicht zu spät kommen. Er fuhr mit seiner ›Maschine‹ vom Hof. An der Bushaltestelle sah er Leo. Er hielt, und Leo kam misstrauisch zu ihm.

»Wie gehts?«

»Gut. Hast du Zeit für ein Bier? Ich will dir was erzählen.«

»Hat sie dir die Genehmigung erteilt?«

Leo war noch immer beleidigt. Seine Schwester fragte jeden Tag, wer die Frau sei. Leo tat zwar so, als wüsste er Bescheid, aber Conny glaubte ihm kein Wort. Umso mehr freute er sich, dass Gunnar ihm nun mehr anvertrauen wollte. Sie fuhren zur örtlichen Gastwirtschaft, stellten ihre Motorräder ab. Am Tresen erzählte Gunnar ausführlich von Gabi. Versöhnt nahm Leo Gunnars Einladung an, sie am Sonnabend im Ratskeller Merseburg kennenzulernen. Leo und Gunnar genossen ihr langes Gespräch über die Schule, Mädchen, die Leute im Dorf, den Brand nach dem Blitzeinschlag. Gegen Mitternacht verließen sie betrunken die Kneipe. Gunnar begleitete seinen zunehmend außer Kontrolle geratenen Freund zum Haus der Familie Möbius. Dort angekommen, schlug er so lange gegen die verschlossene Hoftür, bis Stefan Möbius sie aufriss. Wütend ohrfeigte er Leo mit beiden Händen, bis der sich übergeben musste, seinem Vater auf die Schuhe. Möbius schlug auf seinen Sohn ein, sogar noch, als er gekrümmt am Boden lag. Gunnar versuchte, den Friseur am Arm festzuhalten, doch Möbius versetzte ihm einen Stoß, sodass er hintenüberfiel. Dann krachte die Hoftür ins Schloss. Gunnar trat noch eine Weile gegen die Tür. Als niemand reagierte, taumelte er nach Hause. Seine Mutter erfasste sofort die Situation und brachte ihn geduldig in sein Bett.

Leo erwachte am Sonnabendmittag mit schmerzendem Kopf. Es dauerte eine Weile, bis er sich an den vorigen Abend erinnern konnte. Mühsam schleppte er sich ins Bad. Ihm taten alle Knochen weh. Er sah in den Spiegel. Sein linkes Auge war leicht blutunterlaufen. In solchen Momenten empfand er gegen seinen Vater blanken Hass. Leo hatte erlebt, wie er seine Frau verprügelt hatte, als herauskam, dass sie ihn betrog. Sie hatte sich danach tagelang nicht auf die Straße getraut.

Leo ging in die Küche. Seine Großmutter, die Zeitung las, blickte auf.

»Hast du dich geprügelt?«

Leo schwieg und verließ die Küche. Er dachte: Sie weiß ganz sicher, wer mich verprügelt hat. Außer seiner Mutter hielt im Hause Möbius niemand zu ihm.

Er eilte zum Gasthaus, um sein Motorrad zu holen. Dort angekommen sah er auf seine Uhr: halb eins. Aus dem Stauraum unter dem Sitz holte er seine Sonnenbrille. Er lachte bitter. Ende Oktober, dieses Wetter, und dann eine Sonnenbrille im Gesicht. Ausgerechnet heute! In zwei Stunden sollte er Gabi kennenlernen. Sie trafen sich im Hof der Mechlenburgs. Gunnar saß auf der Treppe zur Haustür und rauchte. Leo setzte sich dazu. Die Folgen der letzten Nacht in seinem Gesicht waren nicht zu übersehen.

»Dein Alter hat ja ordentlich zugelangt. Wie hältst du das bloß aus?«

»Irgendwann schlage ich zurück, das verspreche ich dir.«

»Bring ihn aber nicht um«, gab Gunnar zurück.

»Mal sehen«, sagte Leo kryptisch.

Sie fuhren mit ihren Motorrädern nebeneinander nach Merseburg, viel zu dünn angezogen, ohne Helm, Leo mit seiner Sonnenbrille. Es begann zu regnen. Etwas früher als vorgesehen erreichten sie den Ratskeller. Sie trafen Gabi geschützt im Eingang stehend. Gunnar umarmte Gabi, küsste sie. Dann stellte er die beiden einander vor.

»Du bist also die geheimnisvolle Freundin. Weißt du, Gunnar kann dichthalten. Er hat kein Wort über dich verloren. Wenn meine Schwester euch nicht gesehen hätte, wüsste ich bis heute nicht, dass es dich gibt.«

Gabi verstand das als Kompliment »Ja, auf Gunnar kann ich mich verlassen.«

Gunnar sagte: »Kommt, gehen wir rein. Ich bin völlig durchgefroren.«

Vier Kellnerinnen standen in reger Unterhaltung zusammen. Als die Jugendlichen sich an einen der Tische setzten, kam eine Kellnerin mit den Worten auf sie zu, sie könnten sich nicht irgendwo hinsetzen. Gäste würden platziert.

»Aber hier ist doch keiner«, sagte Gabi.

»Es gibt Regeln, und die gelten auch für euch. Wenn euch das nicht passt, könnt ihr gleich wieder gehen.«

»Bitte platzieren Sie uns«, sagte Gunnar, kaum sein Lachen unterdrückend.

»Wenn ihr mich verarschen wollt, fliegt ihr raus.«

Die Kellnerin wies ihnen einen Tisch nahe dem Tresen zu. Gunnar bestellte Bier und Cola.

Leo begann Gabi auszufragen, wo und wann sie

sich kennengelernt hatten. Gabi sagte wenig und vermied Details. Die Kellnerin brachte wortlos die Getränke und vertiefte sich wieder in das Gespräch mit ihren Kolleginnen.

»Und warum die Heimlichtuerei?«

»Weiß nicht, Leo. Aus einer Laune heraus, ohne Absicht.«

Er glaubte Gabi nicht. Er vermutete mehr dahinter. Auch Gunnars Beteuerungen brachten ihn nicht von dieser Meinung ab.

Am Sonntagmorgen begann Martha nötige Sachen für ihren Krankenhausaufenthalt zu packen. Sie sollte sich am Abend dort einfinden, um für die Operation am Montag vorbereitet zu werden. Später schrieb sie ihrer Familie die Besuchszeiten des Krankenhauses auf. Wie lange sie im Krankenhaus bleiben sollte, war unklar. Die Mechlenburgs hofften, dass sie spätestens Mitte November wieder zu Hause sein würde. Gunnar konnte sich nicht daran erinnern, jemals mehr als nur eine Nacht von seiner Mutter getrennt gewesen zu sein.

Gespräche kamen an diesem Tag kaum zustande. Arbeiten und Verantwortlichkeiten wurden verteilt. Nach dem Mittagessen bat Martha ihren Mann, sie auf einem Spaziergang durch die Felder zu begleiten. Mit Tränen in den Augen stimmte Oscar zu. Heike fuhr nach Bad Lauchstädt.

Gunnar begann, Gabi einen Brief zu schreiben. Durchdrungen von Angst und Traurigkeit schwärmte er gefühlvoll von Gabis Schönheit, ihrem Duft, ihrer

59

Haut. Auch wenn es schwieriger werden würde, sie zu sehen, war er zuversichtlich. Mit dem Motorrad würde er kaum mehr als eine halbe Stunde nach Halle brauchen. Als PS schrieb er Gabi, dass er am nächsten Sonnabend gegen zwei Uhr in Halle vor dem Zoo auf sie warten werde.

Der gestrige Nachmittag mit Gabi und Leo kam ihm in den Sinn. Auch wenn die Situation etwas erzwungen gewirkt hatte und das Gespräch stockend verlaufen war, erleichterte es ihn, dass er Leo Gabi vorgestellt hatte. Ohnehin tat Leo ihm leid. Gunnar war schon mehrfach Zeuge der Gewaltausbrüche von Leos Vater gewesen. Oscar hatte Gunnar nur ein einziges Mal geschlagen, wegen eines Streits ums Fernsehen.

Pünktlich um sechzehn Uhr kam das Taxi, das Oscar bestellt hatte. Der Fahrer verstaute Marthas Gepäck. Alle stiegen ins Auto. Oscar vorn, Martha und Gunnar auf dem Rücksitz.

Der Abschied im Krankenhaus war kurz. Das Taxi fuhr Oscar und Gunnar zurück nach Wallendorf. Es hielt noch am Postamt, wo er den Brief für Gabi einwarf.

Am Montagnachmittag hatte Martha die Operation überstanden. Der behandelnde Arzt gab Oscar dennoch erst nach zwei Tagen eine Besuchserlaubnis. Er teilte ihm vorab mit, alles sei zufriedenstellend verlaufen. Martha sei allerdings sehr geschwächt. Sie dürfe sich nicht anstrengen. Deshalb müsse sie noch ein paar Tage im Krankenhaus bleiben.

Martha lag blass in einem Sechsbettzimmer. Als sie

Oscar eintreten sah, lächelte sie matt. Er setzte sich auf die Bettkante.

»Wie geht es dir?«

»Hol mich nach Hause«, bat sie leise.

»Das will ich, aber der Arzt sagt, du musst noch bleiben.«

»Es ist mir zuwider, mit gleich fünf Frauen hier zu liegen.«

»Ich verstehe dich.«

Er besann sich. »Ich werde mich erkundigen, ob ein kleineres Zimmer verfügbar ist.«

Er erhob sich, doch sie ergriff seine Hand und hielt ihn fest.

»Geh noch nicht.«

Ihre Augen spiegelten all die Gefühle, die sie überkamen.

»Setz dich noch einen Moment zu mir.«

Er setzte sich, beugte sich zu ihr und flüsterte etwas, unhörbar für die anderen.

Gleich an dem Tag, als Oscar von der Diagnose erfahren hatte, trieb er seinen schon älteren Plan voran, das Badezimmer zu vergrößern und ein Wasserklosett einbauen zu lassen. Diese Veränderung hatte in diesem Jahr ein Geburtstagsgeschenk für Martha sein sollen. Die Betonteile für den Bau einer Sickergrube lagerten bei einem Freund im Schuppen. Aber weder die Fliesen noch der Ofen für das Badewasser wurden rechtzeitig geliefert. Zwei Tage, nachdem Martha ins Krankenhaus gegangen war, nahm Oscar Urlaub, mobilisierte seine Familie, Kollegen und einen befreundeten Fliesenleger. Mit einem Bagger der LPG hob er im Garten Erdreich aus, platzierte die Betonelemente. Während seine Kinder die alten Kacheln im Bad abschlugen, planten die Schwiegersöhne die elektrischen und die Wasserleitungen. Innerhalb einer Woche wurde das Bad komplett umgebaut. Gunnar lernte, Mörtel zu mischen, Wände aufzustemmen, Rohre und Fliesen zu verlegen. Er fühlte sich nützlich und unverzichtbar. Oscar genoss die gemeinsame Arbeit. Er hatte der Schule schriftlich mitgeteilt, Gunnar sei erkrankt.

Auf sein Treffen mit Gabi wollte Gunnar dennoch nicht verzichten. Er beichtete seinem Vater, dass er deswegen am Samstagabend nicht zu Hause sein könne, sondern erst am Sonntagmorgen.

Tag für Tag eilte Gabi gleich nach der Schule zum Briefkasten. Bevor sie ihn öffnete, starrte sie ihn beschwörend an, als könne sie damit Gunnars Brief hineinzaubern. Am Donnerstag erhielt sie die ersehnte Nachricht. In freudiger Erregung riss sie in ihrem Zimmer den Umschlag auf. Noch nie hatte ihr jemand so zärtliche Worte geschrieben. Sie warf sich auf ihr Bett, las den Brief immer wieder. Aufgeregt plante sie den Sonnabend. Ihre Eltern hatten Karten für die Oper, würden also am Abend nicht zu Hause sein. Sie würde Gunnar mit ins Haus nehmen. Ihr Herz begann zu klopfen. Und dann? Mit ihm ins Bett? Ohne Pille? Sie hatte einmal mit ihrem ersten Freund geschlafen. Als Wahnsinnserlebnis war ihr das erste Mal nicht in Erinnerung geblieben. Aber jetzt hatte sie Lust auf das Zusammensein. Den Gedanken, ertappt werden zu können, wischte sie schnell beiseite. Zufrieden damit kam sie zum nächsten Problem. Was anziehen? Sie öffnete den Kleiderschrank. Ich habe nichts anzuziehen! Unschlüssig probierte sie verschiedenste Sachen an, um irgendwann tief durchatmend aufs Bett zu sinken. »Gabriele«, sagte sie laut zu sich, »beruhige dich! Du gehst mit ihm nicht auf einen Ball oder eine Fete, sondern in den Zoo.«

Da waren Jeans und Pulli angemessen. Alles andere würde sich ergeben.

Gunnar wartete bereits. Gabi warf sich in seine Arme, und sie hielten sich minutenlang umschlungen. Sie küssten sich, mitten auf dem überschaubaren Vorplatz, ohne auf die Passanten zu achten.

»Ich dachte, wir gehen ins Tropenhaus«, sagte Gunnar. »Ich brauche Wärme.«

»Reicht dir meine Wärme nicht?« Gabi lachte. »Erinnerst du dich an den Ernteeinsatz?«

»Ja, und an deinen Duft. Wie du dich an mich geschmiegt hast. Ich konnte deine Brüste spüren.«

»Erst wollte ich dir eine scheuern, aber es war schön. Gehen wir ins Tropenhaus. Vielleicht finden wir dort wieder Büsche, in die wir uns schlagen können.«

Gunnar kaufte Eintrittskarten.

»Wie geht es deiner Mutter?«

»Die Operation ist wohl gut verlaufen. Was auch immer das heißt.«

Gabi nahm seine Hand und drückte sie fest an ihre Brust.

»Ich kann nichts tun, Gabi. Niemand kann etwas

tun. Heute haben wir uns, wir sind gesund, wir sind verliebt. Also los.«

Im Tropenhaus sahen sie Krokodile und Schildkröten. Hinter aufgestellten Bambusmatten lagerten Gartengeräte und eine Gartenbank. Sich vorsichtig umsehend, zog Gunnar Gabi hinter die Matten.

»Wie findest du dieses Versteck?«

»War das jetzt Zufall? Oder warst du schon mal mit einer anderen hier?«

»Jepp. Manchmal übernachte ich hier sogar.«

»Da kenne ich aber bessere Plätze.«

Ihre Schlagfertigkeit gefiel Gunnar. Sie verließen den Zoo gegen sechs. Arm in Arm gingen sie gemächlich in die Innenstadt, um dort zu essen.

»Andreas und meine Mutter gehen heute in die Oper. ›La Traviata‹. Vor halb zwölf sind die sicher nicht zu Hause. Wir nutzen die Gunst der Stunde und gehen zu mir.«

Vor einer alten Gründerzeitvilla hielt Gabi Gunnar zurück. »Es brennt noch Licht. Die Alten müssten aber gleich gehen.«

»Prachtvoller Bau. Ist dein Stiefvater Millionär?«

»Wir wohnen da nur zur Miete, im ersten Stock.«

Nach einer Weile verließen zwei Gestalten das Haus, stiegen in einen Wartburg und fuhren davon.

Gabi und Gunnar schlichen hinein. Ohne Licht anzuschalten, zog sie ihn in ihr Zimmer. Sich küssend fielen sie auf das Bett. Gunnar war erst etwas verunsichert, aber Gabis Nähe ließ ihn alle Befangenheit vergessen.

Gunnar verließ das Haus gegen elf. Gefangen von den Eindrücken der letzten Stunden erreichte er die Straßenbahn nach Merseburg. Die wenigen Fahrgäste nahm er nicht wahr. Als er eine ihm bekannte Stimme hörte, schlug er die Augen wieder auf und sah Elli Fischer vor sich.

»Na, wovon träumst du?« Elli war beängstigend direkt. Er fühlte sich sofort bloßgestellt. »Warum lässt du dich in unserer Gruppe nicht mehr blicken?«

Er kam nicht zu Wort. Sie erzählte von ihrem Bruder, ihren Eltern, von der Kirchengruppe. Gunnar dachte an den Sommerurlaub auf der Burg Bodenstein bei Worbis. Sein Vater hatte einen der begehrten Ferienplätze bekommen. Die Burg, mit Zugbrücke und Barockgarten, hatte Gunnar gefallen. Die Morgenandacht in der Burgkapelle hielt er dagegen für absolut überflüssig. Seine Eltern bestanden darauf, weil alle anderen auch dort hingingen. Von seinem Zimmer aus konnte er über sanfte Hügel weit in Richtung Westen sehen. Mehr aus Langeweile hatte Gunnar sich vorgestellt, das Gelände zur Grenze nach Westdeutschland zu erkunden. Erstmalig kam ihm damals der Gedanke, die DDR zu verlassen.

Am dritten Urlaubstag trafen neue Gäste ein. Ihr alter Trabant war völlig überladen. Während die Erwachsenen das Auto entluden, kam ein Mädchen auf Gunnar zu und streckte ihm die Hand entgegen.

»Ich bin Elli. Wir kommen aus Halle. Bist du schon länger hier?«

Elli war etwas älter als er und ständig zu Witzen und Wortspielen aufgelegt. Über die Kinder kamen auch die Eltern ins Gespräch. Gunnar traf Elli nach dem Urlaub mehrmals. Er ging mit in ihre Kirchengruppe, bloß um ihr einen Gefallen zu tun. Nun stand sie also vor ihm.

»Und was machst du um die Zeit in Halle? Mich hast du nie so spät besucht. Hast du hier eine Freundin? Ich wäre natürlich sehr enttäuscht.«

Gunnar fand sie zwar hübsch, aber er konnte ihr ständiges Reden kaum aushalten.

»Elli, darf ich was sagen?«

Er kam nicht zu Wort. »Weißt du, unsere Gruppe veranstaltet am Wochenende ein Fest. Du kannst deine Freundin mitbringen. Ich würde sie gern kennenlernen.«

»Deine ewige Neugier …!«

»Ich habe also recht. Na ja, mich wolltest du ja nicht. Lass uns doch in der Kneipe bei uns um die Ecke noch was trinken. Da kannst du mir erzählen, wie deine Freundin heißt.«

An der übernächsten Haltestelle verließ er eher widerwillig mit Elli die Straßenbahn. In der Kneipe tranken sie Cola und Apfelkorn. Elli redete wie gewohnt, von der Burg Bodenstein, von ihren schulischen Erfolgen, von ihrer Begabung für das Klavierspiel. Als Gunnar sich verabschiedete, ließ er sich doch überreden, wieder einmal die Kirchengruppe zu besuchen.

Nach zwei Wochen Krankenhausaufenthalt durfte Martha nach Hause. Oscar half beim Packen und stützte sie auf dem Weg zum Krankenwagen, der beide nach Wallendorf brachte. Dort wurde sie von der

Familie aufs Herzlichste empfangen. Gunnar hatte Blumen und eine Flasche Rotkäppchen-Sekt besorgt. Ingrids Sohn bestürmte Martha derart, dass Ingrid ihn zurückhalten musste. Im Wohnzimmer stießen sie auf die Heimkehr an. Martha trank nur einen kleinen Schluck. Aber sie war guter Stimmung, die vertraute Umgebung und die Familie gaben ihr Kraft. Als sie zur Toilette wollte, offenbarte ihr Oscar, dass das Häuschen im Hof der Vergangenheit angehörte. Stolz präsentierte er ihr das moderne beheizte Badezimmer mit WC. Dankbar und voller Freude umarmte sie ihren Mann.

Am Abend spürte Martha, wie geschwächt sie war. Sie sagte es ihrer Familie. Alle hatten Verständnis. So verabschiedete sie sich und ging ins Bad. Sie fragte sich, wo Oscar den großen Spiegel besorgt hatte. Behutsam zog sie sich aus und entfernte vorsichtig den Verband. Sie fühlte Schmerzen von der Wunde bis in die Arme hinein. Beim Anblick der Narbe weinte sie.

Frisch verbunden und im Nachthemd verließ sie das Bad. Oscar kam ihr entgegen und führte sie zu ihrem Bett. Trotz ihrer Erschöpfung sprachen beide noch lange miteinander.

Am nächsten Morgen ließ Erwin Ernst Oscar gleich zu Arbeitsbeginn in sein Büro rufen.

»Mir ist zugetragen worden, dass du einen Bagger der LPG für private Zwecke genutzt hast. Wer hat das genehmigt?«

»Seit wann ist so was ein Problem? Ich habe es mit Robert abgestimmt.«

»Robert ist nur ein Fahrer. Du hättest mich fragen müssen! Ich verbiete dir für die Zukunft solche Eigenmächtigkeiten.«

Ernst legte Oscar ein Schreiben vor.

»Das ist eine Ermahnung. Du unterschreibst hier den Empfang. Sie kommt in deine Personalakte. Wenn Derartiges noch mal vorkommt, wird das andere Folgen haben.«

Oscar setzte an, um seinen Chef zu beschwichtigen, doch der schnitt ihm scharf das Wort ab: »Keine Diskussion mehr!«

Oscar beschlich das Gefühl, dass man sehr bald im Dorf von der Ermahnung erfahren werde, und dass er noch mehr solcher Schikanen zu erwarten habe. Er unterschrieb. Nach Verlassen des Büros wunderte er sich, dass Ernst nicht auf ihr letztes Gespräch zurückgekommen war. Er beschloss, sich unauffälliger zu verhalten. Er machte Station im Gasthof, aber der Schnaps beruhigte ihn kaum. Dann eilte er zu Martha, denn er wollte nicht, dass sie von anderer Seite von der Ermahnung erfuhr.

Gunnar war schon vor sechs aufgestanden, um nach seiner Mutter zu sehen. Sie war bereits wach. Er setzte sich auf die Bettkante, und streichelte ihre Hand.

»Ich bin stolz auf dich. Vati hat mir erzählt, dass du viel geholfen hast.«

»Habe ich gern gemacht. Wie geht es dir?«

»Ich kann noch nicht aufstehen. Du musst dein Frühstück selbst machen. Vati hat mir erzählt, dass du eine Freundin hast. Wie heißt sie denn?«

Gunnar war überrascht. »Sie heißt Gabi. Ich treffe sie heute und kann deshalb nicht zum Abendessen hier sein.«

»Macht nichts. Ingrid und Gustav sind ja noch ein paar Tage da. Da habe ich genug Abwechslung.«

Gunnar gab ihr einen Kuss auf die Stirn und verließ das Schlafzimmer.

Als er die Bushaltestelle erreichte, kam Leo ihm entgegen.

»Na, wie geht es deiner Mutter?«

»Ich bin erstaunt, wie schnell sie sich erholt.«

»Wie sieht das aus, wenn die Brust ab ist?«

»Merkst du nicht, wie dumm diese Frage ist? Ich möchte nicht, dass du so respektlos über meine Mutter sprichst!«

»War nicht so gemeint«, bemühte sich Leo, den Fehler auszubügeln. »Ich weiß nicht, was ich sagen soll!«

»Dann sag nichts«, fauchte Gunnar.

Im Bus setzte sich Gunnar auf einen Fensterplatz und sah nach draußen. Hinzukommende Mitschüler ignorierte er. Auf Fragen, was er habe, sagte Leo nur, Gunnar sei wegen seiner Mutter nicht gut drauf. Vor der Schule verließ Gunnar den Bus, ging sofort in Richtung Kaufhalle und dann zur Straßenbahn nach Halle. Er verbrachte den Tag in der Nähe der Moritzburg an der Saale. Er dachte nach. Er ärgerte sich noch immer über Leo. Im nächsten Jahr würde er die Schule abschließen, sich einen Beruf suchen. Er wusste nicht, welchen. Bei der NVA wäre alles leicht. Gegen zwei Uhr begann er zu frieren und ging in die Innenstadt.

Martha betrachtete sich wieder im Spiegel. Sie hatte reichlich Gewicht verloren, das Gesicht wirkte eingefallen, die Haare fettig. Sie fühlte sich unwohl. Sich selbst die Haare zu waschen, war unmöglich, sie konnte den linken Arm nicht einmal heben. Deshalb beschloss sie, Möbius aufzusuchen. Im Krankenhaus hatte man ihr einen BH mit einer eingearbeiteten Prothese gegeben. Angekleidet, dachte sie, würde ihre Brust aussehen wie vorher. Sie zog sich an, blaue Hose, bunte Bluse, darüber der dunkelrote Blazer. Vielleicht ein bisschen zu fein. Vorsichtig stieg sie die Treppe hinab, schlüpfte in die warmen Winterstiefel, Mantel, Mütze. Ein letzter Blick in den Spiegel, dann verließ sie das Haus. Auf dem Weg zu Möbius fühlte sie sich unsicher. Oscar wäre ungehalten, wenn er sie durchs Dorf gehen sähe, einen Tag nach der Entlassung aus dem Krankenhaus. Sie war nicht angemeldet, hoffte jedoch, bei Möbius nicht warten zu müssen. Der verabschiedete gerade eine ihr unbekannte Frau und begrüßte sie danach überschwänglich.

»Frau Mechlenburg, wie geht es Ihnen?«

»Es geht. So wie es mal war, wird es nicht wieder. Meine Haare sehen furchtbar aus. Ich brauche eine Kopfwäsche, um mich wieder als Mensch zu fühlen. Und eine Dauerwelle, damit ich mich im Spiegel wiedererkenne.«

Möbius antwortete eifrig: »Das biete ich Ihnen, sogar eine Kopfmassage, wenn Sie mögen. Sie schließen die Augen und genießen. Bitte setzen Sie sich.«

Er legte ein dickes Handtuch um ihre Schulter, darüber den Frisierumhang. Dann rollte er sie zum

Waschbecken, wo er vorsichtig die Rückenlehne hinunterließ. Er stellte die Wassertemperatur ein und begann mit dem Duschkopf ihre Haare anzufeuchten, sorgsam darauf achtend, dass kein Wasser ihr Gesicht benetzte. Er nahm Shampoo und begann gefühlvoll ihren Kopf einzuschäumen. Möbius fragte, ob sie sich wohlfühle, ob das Wasser nicht zu heiß, die Kopfhautmassage angenehm sei. Martha antwortete, alles sei wunderbar, und schwieg.

Er versuchte das Gespräch fortzusetzen: »Entschuldigen Sie, ein Friseur muss sich einfach mit seinen Kundinnen unterhalten …«

»Herr Möbius, wir können später reden.«

Beim Lockenwickeln kam er darauf zurück. »Wie kommen Ihre Männer ohne Sie zurecht? Gunnar hat uns erzählt, dass Sie die Seele Ihres Hauses sind und dass ohne Sie nichts funktioniert.«

»Oscar und Gunnar schaffen es ganz gut ohne mich. Heike kommt auch einmal in der Woche.«

»Ich habe gehört, dass es zwischen Herrn Ernst und Ihrem Mann Ärger gibt. Er soll einen Bagger der LPG ohne Erlaubnis privat genutzt haben?«

»Jeder leiht sich bei Bedarf Maschinen aus. Die Brigadiere entscheiden das selbst, ohne den Vorsitzenden.«

»Im Dorf erzählt man, Ernst sei noch immer ungehalten wegen der Scheunengeschichte. Das muss ihn sehr getroffen haben.«

»Ungehalten ist stark untertrieben. Mein Mann hat das Richtige getan. Ich weiß das genau, denn ich war ja schließlich dabei.«

Möbius spielte den Naiven. »Gibt es keine Möglichkeit der Versöhnung? Ihr Mann ist genau wie Herr Ernst ein exzellenter Fachmann. Eine gute Zusammenarbeit der beiden würde doch dem Wohl aller dienen.«

»Oscar ist dazu bereit.«

Möbius wechselte das Thema. »Im Dorf sagen manche, dass Sie jetzt vielleicht nicht mehr arbeiten können und dass damit Westreisen möglich werden?«

»Herr Möbius, ich habe jetzt wirklich andere Probleme. Ich muss mich von dem schweren Eingriff erholen. Reisen ist im Moment kein Thema.«

Er nickte verständnisvoll. »Ich möchte Ihnen einen Vorschlag machen: Sie können gern öfter zu mir kommen. Zu einem akzeptablen Preis, versteht sich.«

Martha setzte sich unter die Haube. Bevor er das Gerät einschaltete, sagte sie, sie werde gern auf sein Angebot zurückkommen.

Sie trafen sich in der Marktkirche in Halle. Gabi saß als einzige Besucherin einsam in der vordersten Reihe. Gunnar setzte sich wortlos neben sie. Ein Lächeln huschte über ihr Gesicht. Sie ließ ihre Hand in seine gleiten. »Ich liebe dich.« Sie flüsterte die Worte zärtlich, kaum hörbar und ohne ihn anzusehen. Er zog sie an ihrer Hand zu sich und küsste sie. Als sie seinen Kuss erwiderte, durchströmte ihn wieder diese überschäumende Woge von Glück. In der Art, wie sie sich an ihn schmiegte, erkannte er, dass sie auch so fühlte.

»Und ich liebe dich«, flüsterte er ihr ins Ohr.

»Wie sehr?«

»Es ist ganz schlimm.«

Schritte unterbrachen ihre Zweisamkeit.

»Gunnar, ist Küssen in der Kirche eigentlich erlaubt?«

»Ich bin davon überzeugt, dass Gott nichts dagegen hat. Aber warum schickt er uns gerade jetzt einen Besucher?«

Gabi lachte. »Komm, wir gehen bummeln. Ich möchte Parfüm kaufen.«

In der Kirche blieb ein einsamer Gläubiger zurück.

Platzek eignete sich perfekt als Aufpasser. Mit seinem Allerweltsgesicht fiel er nirgends auf. Als Junggeselle fragte ihn keine Frau, wo er sich abends herumtreibe. Er hatte immer Zeit und erledigte sämtliche Aufträge diskret und zuverlässig. Nur bei der Überwachung Gabis war ihm ein Fehler unterlaufen. Er hatte sie und ihren Freund im Haller Zoo aus den Augen verloren, als ihn jemand nach der Uhrzeit fragte. Schöner war wütend, hatte ihn angebrüllt. Platzek war frustriert. Er wollte Gabi und Gunnar dafür büßen lassen und hoffte, dass die beiden ihm sehr bald eine Chance boten. Er dachte an kompromittierende Fotos und Tonaufnahmen, wobei ihm das neue Aufnahmegerät einfiel, mit dem die Abteilung seit Kurzem arbeitete. Schwierig fand er, dass er nur Gabi beschatten sollte, nicht auch Gunnar. Er musste mit Schöner darüber reden.

Nachdem sie die Kirche verlassen hatten, folgte er ihnen. Gelegentlich notierte er Stichpunkte zu seinen Beobachtungen. Am Abend würde er einen Bericht schreiben und dabei diesen zweiten Kirchenbesuch angemessen ausschmücken.

Mitte November, nahezu vier Wochen nach dem Gespräch mit Schöner, bestellte Rasel Gunnar in sein Büro. Gunnar fiel in der Schule nicht mehr durch Streiche oder Frechheiten auf. Rasel dachte, dass sich der Junge durch Wohlverhalten in eine günstige Position bringen wollte. Rasel hatte zufällig ein Gespräch mit angehört, in dem ein Schüler sagte, er habe Gunnar in Halle mit einer gewissen Elli gesehen. Rasel befragte den Schüler. Der berichtete, er kenne Elli Fischer, weil sie einige Zeit die gleiche Schule besucht hätten, und dass sie dort damals in einer Kirchengruppe aktiv gewesen sei.

Als Gunnar Rasels Büro betrat, saß dieser an seinem Schreibtisch und las in einem Klassenbuch.

»Du hast gestern unentschuldigt gefehlt. Hast du ein Entschuldigungsschreiben?«

»Nein. Mir ist im Bus schlecht geworden. Ich habe dann einen Spaziergang gemacht. Es dauerte, bis es mir besser ging. Dann machte es keinen Sinn mehr, in die Schule zu kommen.«

Gunnar wunderte sich über sich selbst. So leicht kamen ihm die Lügen über die Lippen.

»Aha, es machte keinen Sinn. Und du bist sicher, dass du mich nicht verarschen willst?«

»Ich meinte das nicht so. Es ging mir wirklich miserabel. Ich bin völlig durcheinander. Meine Mutter wurde gerade operiert, wegen Brustkrebs.«

»Das ist kein Grund, die Schule zu schwänzen. Aber nun das Wichtige: Wie du dich gewiss erinnerst, hat Major Schöner dir ein besonderes Angebot gemacht. Wir haben dir viel Zeit für Überlegungen eingeräumt.

Wie lautet deine Entscheidung?« Rasel war sich sicher, dass Gunnar zusagen würde.

Gunnar scheute davor zurück, die klare Antwort zu geben. »Ich habe mich noch nicht entschieden.«

Rasel wurde lauter. »Du hattest Zeit genug! Was meinst du, was passiert, wenn ich das Major Schöner sage?«

Gunnar sagte zaghaft: »Herr Schöner hat mir nur ein Angebot unterbreitet, keinen Befehl erteilt.«

Rasel schlug mit der Hand auf den Tisch. »Ich sage dir, du verbaust dir eine Riesenchance.«

»Aber ich bitte doch nur um mehr Zeit.«

Rasel atmete schwer. »Ich habe verstanden. Ich gebe deine Aussage weiter. Über dein Fernbleiben vom Unterricht reden wir noch.«

Damit war Gunnar entlassen. Rasel ärgerte sich, aus der Fassung geraten zu sein. Dann sagte er sich, das gehöre eben zu seinem Temperament. Er rief Schöner an und berichtete von dem Gespräch und davon, dass Gunnar offenbar wieder Kontakt mit der Kirchengruppe in Halle hatte.

Schöner antwortete nur, er werde sich melden. Er rief einen Mitarbeiter an, der in der nächsten Minute in sein Büro kam.

»Genosse, es geht um eine Elli Fischer. Sie gehört zu einer Kirchengruppe in Halle. Wir haben da ein ausführliches Dossier. Das brauche ich, wie auch das Dossier zu den Fischers. Danke.«

Nachdem der Mann mit einem »Jawohl, Herr Major« abgetreten war, ging Schöner zu seiner Tafel und notierte. Erst gestern hatte er durch Anni Ernst von der Ermahnung Oscar Mechlenburgs durch Erwin Ernst erfahren. Erstmals zweifelte er an seinem Plan mit Gunnar. Aber noch waren seine Mittel nicht ausgeschöpft. Er würde persönlich mit ihm sprechen. Wenn das erfolglos bliebe, würde mehr Druck sicher helfen. Er dachte an Gabi, an Gunnars Eltern und an die Kirchengruppe. Schöners Mitarbeiter erschien kurz darauf mit zwei Akten.

Gunnar hatte Ellis Kirchengruppe fast vergessen und Gabi deshalb nichts von ihr erzählt. Wenn sie Elli zufällig träfen, könnte sie ihn in eine peinliche Situation bringen. So lenkte er beim nächsten Treffen mit Gabi das Gespräch auf den letzten Sommerurlaub. Gabi berichtete freimütig vom Reisen mit ihren Eltern an die Ostsee. Und wie sie sich vorstellte, mit Gunnar am Stand und in den Dünen zu liegen. Gunnar erzählte ausführlich von der Burg, beiläufig auch von Elli.

Gabi lachte und spürte einen Anflug von Eifersucht. »Kirchengruppe also. Hattest du was mit ihr?«

»Nein, ich hatte und habe nichts mit ihr. Wir haben uns halt verabredet. In den Ferien war ich dann zweimal mit in der Gruppe. Danach ist das Ganze eingeschlafen.«

»Warum wirst du dann rot?«

»Du weißt, warum«, sagte er und sah sie ernst an. »Ich habe jetzt Elli zufällig getroffen, und sie hat mich wieder eingeladen. Und dich auch.«

»Gut, lass uns hingehen. Mich interessiert, welche Leute sich da treffen. Wo ist das denn?«

»Am Sonnabend im Gemeindehaus der Sankt-Johannis-Kirche. Morgen habe ich keine Zeit, aber am nächsten Wochenende ginge es. Ich schreibe Elli eine Karte. Aber wenn uns etwas Besseres einfällt, gehen wir nicht hin.«

November – Dezember 1972

Gunnars Eltern hatten ihn gebeten, einmal einen Samstagabend zu Hause zu bleiben. Er sagte zu, wäre aber lieber schon am Nachmittag nach Halle gefahren. Dennoch half er seinem Vater gern bei letzten Arbeiten an der Sickergrube. Später saßen sie bei einem Bier auf der Bank im Hof.

»Gunnar, wir müssen noch die Stalltüren und die vom Taubenhaus streichen.«

»Ja, scheint nötig. Und was ist mit den Toren der Scheune?«

»Die großen Flächen brauchen zu viel Farbe. Wir belassen es erst mal bei den Türen. Wenn wir sie einzeln aushängen und im Schuppen streichen, sind wir wetterunabhängig. Außerdem trocknet die Farbe schneller.«

Gunnar nickte und sah zum Taubenhaus. »Wann ist das eigentlich gebaut worden?«

»Soweit ich weiß, um 1850.«

»Fünf mal fünf Meter Grundfläche und drei Stockwerke hoch. Nur für Tauben?«

»Nicht nur. Der untere Raum war ein Schafstall, im ersten Stock die Lederwerkstatt. Nur oben sind die Tauben.«

Gunnar sah sich um. Er fand den Hof schön. Quadratisch die Anordnung, zur Gasse das Wohnhaus, links das gewaltige Stallgebäude für Kühe und Pferde mit einem Heuboden. Gegenüber die Scheune mit einer eingebauten Dreschmaschine und rechts das Gebäude mit den Schweineställen. Er hatte gelesen, dass der Hof um 1829 durch Heirat an die Familie gegangen war. Kühe und Pferde gab es nicht mehr. Lediglich zwei Schweine hielten die Mechlenburgs, nur für den Eigenbedarf, dazu etwas Geflügel.

»Hast du dir überlegt, was du lernen willst?« Die Frage seines Vaters riss Gunnar aus seinen Gedanken.

»Überlegt schon, aber …« Gunnar dachte sofort an Schöners Angebot.

»Das könnte eines Tages dein Hof sein.«

»Genossenschaftsbauer ist nichts für mich. Wenn ich selbstständig wirtschaften könnte, wie im Westen, könnte ich mir vorstellen, Landwirtschaft zu betreiben. Aber hier muss ich das alles instandhalten, und es nützt mir wenig.«

Es war Oscars Wunsch, Gunnar den Hof zu vererben, damit der ihn weiterbetrieb. Es erfüllte ihn mit Trauer, dass er ihn nicht wollte, aber für die Gründe hatte er Verständnis.

Gunnar spürte Oscars Enttäuschung. »Chemie interessiert mich. In dem Fach sind meine Leistungen überdurchschnittlich. Ich könnte in Leuna oder Buna eine Lehre machen und parallel dazu die erweitere Oberschule besuchen. Und dann studieren. Ich habe mich da schon erkundigt. Grundsätzlich geht das, aber nur mit Empfehlung der Schule.«

»Und bekommst du die?«

»Weiß ich noch nicht«, sagte Gunnar. Er bezweifelte mittlerweile, eine solche Empfehlung zu bekommen.«

Schöner wollte nicht, dass Rasel und Anni Ernst von der Überwachung Gabis erfuhren. Sie sollten auch nichts Näheres über sie wissen, vor allem nicht, dass es sich um seine Stieftochter handelte. Die jungen Leute ahnten zwar, dass sie überwacht wurden, verhielten sich jedoch in vielen Dingen völlig unbedarft. Wenn sie Platzek entwischten, dann geschah das meist, weil der mal nicht aufpasste. Im Laufe der Zeit gelang es Platzek eine ganze Reihe von Gesprächen zwischen Gabi und Gunnar zu belauschen und an seiner Meinung nach brauchbare Informationen zu kommen. In einer solchen Lauschaktion wurde ihm klar, dass die Mechlenburgs immer zu Weihnachten ein gutes Dutzend Geschenkpakete aus Westdeutschland erhielten. Er rief deswegen Schöner an. Der war davon nicht überrascht. Dennoch ärgerte es ihn, dass Anni Ernst davon nichts erwähnt hatte. Schöners Reaktion fasste Platzek als Lob auf. Er erhielt den Auftrag, die Wallendorfer Poststelle anzuweisen, solche Pakete nicht mehr an die Mechlenburgs auszuliefern. Stattdessen seien die Pakete zu melden, ein Fahrer hole sie zur Kontrolle ab.

Gunnar hatte Gabi geschrieben, sie solle zum Hauptbahnhof Halle kommen, wo er mit einer Überraschung auf sie warten werde. Sie traf pünktlich ein und wurde von ihm in die Arme genommen mit der Ankündigung: »Wir fahren nach Leipzig! In zehn Minuten fährt der Zug.«

»Leipzig, fantastisch! Was hast du vor?«

Gunnar lachte nur.

»Bitte, sag es mir!«

»Also gut. Wir gehen ins Theater und sehen Schillers ›Kabale und Liebe‹. Danach ist im Restaurant des Interhotels für uns ein Tisch reserviert.«

»Ich bin beeindruckt! Zugreise, Theater, Interhotel! Hast du im Lotto gewonnen?«

»So viel kostet es nun auch wieder nicht. Ich spare, was ich kann, hauptsächlich am Benzin für meine Maschine.«

Sie gab ihm einen Kuss. »Ich bin aber für das Theater absolut nicht angemessen angezogen.«

»Ach komm! Du bist immer gut angezogen.«

»Gunnar Mechlenburg, du bist ein Schmeichler!«

Als sie Fahrkarten nach Leipzig kauften, stand direkt hinter ihnen ein Mann, der ebenfalls eine Karte nach Leipzig kaufte. Im Zug fanden sie ein leeres Abteil. Ihre Freude darüber trübte sich, als ein Mann hereinkam. Er legte eine Tasche in das Gepäckfach, setzte sich und sah sich irritiert um. »Oh«, sagte er, »das ist kein Raucherabteil. Ich gehe auf den Gang, eine rauchen. Wärt ihr so nett, auf meine Tasche aufzupassen?«

Gunnar und Gabi nickten und vertieften sich ins Gespräch.

»Wir wollten doch heute noch zu Ellis Gruppe«, sagte Gabi.

»Ja, aber sie weiß, wenn wir um neun nicht da sind, kommen wir nicht mehr. Ich verbringe die Zeit lieber mit dir. Wir sollten noch in die Hotelbar gehen. Erst dachte ich, wir könnten sogar im Interhotel übernachten, aber die Zimmer sind unbezahlbar. Außerdem würde man uns vermutlich nicht als Gäste akzeptieren.«

»In der Bar sitzen hat doch auch was.«

Gabi wurde ernst.

»Wie geht es deiner Mutter?«

»Sie war gestern zur Nachuntersuchung. Die Ärzte meinten, der Heilungsprozess verlaufe wie gewünscht. Sie will einen Antrag für eine Reise in den Westen stellen. Fragt sich nur, ob er genehmigt wird.«

»Warum sollte er nicht genehmigt werden?«

»Irgendwie habe ich den Verdacht, dass uns jemand Probleme machen will. Einer von der Stasi hat mich im Beisein unseres Direktors aufgefordert, darüber nachzudenken, freiwillig der NVA beizutreten. Der Direktor fragte mich vor ein paar Tagen nach meiner Entscheidung. Ich habe um mehr Bedenkzeit gebeten, worauf der seltsam beleidigt reagierte. Vielleicht muss er nun der Stasi erklären, warum ich nicht zugesagt habe.«

Gunnar blickte einige Sekunden aus dem Fenster. »Außerdem hat mein Vater Schwierigkeiten mit dem LPG-Vorsitzenden. Ich hatte dir von der brennenden Feldscheune ja erzählt.«

»Meinst du, dass wegen so was ein Reiseantrag abgelehnt wird?«

»Weiß nicht. Aber ich bleibe dabei, jemand will Zugeständnisse von mir oder von meiner Familie erpressen. Wir hören so etwas auch von anderer Seite. Da wird sogar davon gesprochen, dass Leute wertvolle Dinge abgeben mussten.«

»Ist das bei euch so?«

»Bis jetzt nicht. Mal sehen, was aus dem Antrag wird.«

»Und wer sagt, dass staatliche Stellen Wertsachen von missliebigen Bürgern erpressen? Was meinst du eigentlich damit? Antiquitäten? So etwas habe ich noch nie gehört?«

»Aus der Bekanntschaft kenne ich eine schier unfassbare Geschichte.«

»Da bin ich gespannt.«

»Aber versprich mir, niemandem davon zu erzählen. Die Leute mussten sich arrangieren. Die wurden zu absolutem Stillschweigen verdonnert und kriegen echt Schwierigkeiten, wenn das öffentlich wird.«

»Versprochen!«

»Also, irgendwann im Frühjahr erledigte ich in unserem Wohnzimmer meine Schularbeiten. Eine Bekannte meiner Mutter aus einem Nachbardorf war zu Besuch. Sie unterhielt sich mit meiner Mutter in der Küche. Ich bekam mit, dass sie aufgelöst berichtete, ihr Sohn sei bei einem Fluchtversuch gefasst worden. Er sei in Untersuchungshaft. Wohl noch am selben Tag kreuzten bei ihr zwei Stasileute auf. Die Männer seien sofort zur Sache gekommen. Ihr Sohn sei als Republikflüchtling auf frischer Tat ertappt worden. Darauf stünden mindestens zwei Jahre Gefängnis, sie könne die Strafe jedoch mildern, wenn sie ihr Service aus antikem Meißner Porzellan dem Staat übereigne. Es sei eilig, weil das Verfahren kurz bevorstehe. Sie sei derart überrumpelt gewesen, dass sie zustimmte, unter dem Siegel absoluter Verschwiegenheit.«

»Aha, und war das so?«

»Keine Ahnung. Nachdem sie wieder bei Verstand war, fragte sie sich, woher die Stasi von dem Porzellan wusste. Sie erinnerte sich, dass der örtliche ABV einmal wegen ihres Sohnes im Hause war. Er hatte herumgeschnüffelt und dabei wohl das Porzellan in der

Wohnzimmervitrine gesehen. Einige Tage später erschien seine Frau und wollte es kaufen. Die Bekannte lehnte strikt ab, das Service sei ein Familienerbe. Die Frau des ABV war entsprechend beleidigt.«

»Und deswegen soll sie eure Bekannte angeschwärzt haben?« Gabi sah ihn zweifelnd an.

»Vermutlich aus Rache hat sie dafür gesorgt, dass unsere Bekannte es abgeben musste. So ist das, wenn man hier Mächtigen auf die Füße tritt.«

»Gunnar, meinst du im Ernst, unser Staat erpresst Antiquitäten von missliebigen Bürgern? Das kann ich mir nicht vorstellen. Das wäre ja kriminell.«

»Na, zumindest die wenigen selbstständigen Fabrikbesitzer, die es noch gibt, wollen sie ja nun auch enteignen. Das hat mein Vater erzählt.«

»Das ist doch was anderes. Einen Fabrikbesitzer zu enteignen, ist doch eher gerecht. Einem Bürger das Service klauen ist Diebstahl.«

»Ich weiß nicht, ob das Erste nicht auch Diebstahl ist.«

»Sei bloß vorsichtig mit solchen Äußerungen, dafür landet man schnell im Knast.« Gabi machte ein ernstes Gesicht.

»Du sagst es. Lass uns das Thema wechseln. Und bitte zu niemandem ein Wort.«

»Klar!«

Als der Zug im Leipziger Hauptbahnhof einrollte, kam der Mann zurück ins Abteil, dankte für das Aufpassen auf die Tasche und verließ den Zug.

Gabi und Gunnar vergaßen ihn sofort. Sie gingen rasch zum Theater. Nach dem Abendessen genossen sie noch die Bar im Interhotel und nahmen den letzten Zug. Elli war vergessen.

Platzek war vom Zug aus direkt zur Polizeidienststelle im Bahnhof gegangen. Er wies sich aus und bat um einen Raum, in dem er ungestört arbeiten könne. Dort hörte er seine Aufnahmen ab und protokollierte sie schriftlich. Obwohl nur andeutungsweise unterrichtet, verstand er, dass dieses Gespräch Major Schöner interessieren würde. Er rief Schöner an und berichtete ihm kurz. Der beorderte ihn sofort zurück in die Dienststelle nach Halle.

Außer der erneuten Kontaktaufnahme zur Kirchengruppe hatte Rasel nichts zusätzlich Belastendes über Gunnar Mechlenburg in Erfahrung bringen können. Die Angelegenheit interessierte ihn irgendwie nicht mehr. Er hoffte, dass Schöner sich selber darum kümmern werde. Sein Grund, dabei zu bleiben, war Anni Ernst. Die Frau hatte sich in einer faszinierenden Weise verändert. Sie war schlanker und modischer gekleidet. Rasel revidierte seine Meinung, er umwarb sie nun, blieb aber zu seinem Erstaunen erfolglos. Anni ließ ihn zappeln.

Bis zu jener Lehrerkonferenz vor Weihnachten, die im Interhotel der Bezirkshauptstadt Halle stattfand. Nach der Konferenz war ein gemütliches Beisammensein geplant, was Rasel für einen nächsten Annäherungsversuch zu nutzen gedachte. Mit zwei Gläsern Krimsekt steuerte er sofort nach ihrem Erscheinen auf Anni zu, die sich diesmal verblüffend offen und erfreut zeigte.

»Friedhelm, wie lieb von dir!«

»Es ist mir ein Vergnügen, mit einer so wunderbaren Frau anzustoßen. Vielleicht haben wir heute noch Anlass dazu.«

»Das war jetzt schon doppeldeutig«, erwiderte sie lächelnd.

Rasel lächelte zurück.

Anni hatte sich entschieden. Heute würde sie die Gelegenheit nutzen. Sie wusste, dass sie Rasel bereits in der Hand hatte. In der Schule wie im Dorf sprach man von ihrer Veränderung. Ihr Mann zeigte erste Anzeichen von Eifersucht, wenn sie mit anderen Männern sprach. Ob Rasel auch bei ihrer Karriere eine Hilfe sein könnte, war ihr nicht klar. Wenn nicht er, dachte sie, dann vielleicht Schöner.

Gegen zwei Uhr nachts verließen Anni Ernst und Rasel getrennt und unbemerkt ihre Kollegen. Im Fahrstuhl bereits küssten sie sich hemmungslos. Später lagen sie nebeneinander im Doppelbett in Rasels Zimmer und rauchten.

»Friedhelm, wir sind doch ein hervorragendes Team, oder?« Der englische Ausdruck gefiel ihr, weil er Zusammengehörigkeit ausdrückte. Rasel begriff nicht, nickte aber zustimmend.

»Stell dir vor, was wir zwei bei den Schulkonferenzen bewirken könnten.«

»Ja, aber du bist Direktorin in Wallendorf, das nützt uns in Merseburg nichts.«

Seine Begriffsstutzigkeit überraschte sie. »Eben! Deshalb beabsichtige ich, nach Merseburg zu wechseln. Ich habe gehört, dass ab Februar die Position an der Goethe-Schule frei wird. Du hast doch Einfluss.«

Rasel verstand endlich. »Ach so. Hast du dich nicht beworben? Soweit ich weiß, wurde in der letzten Woche ein Bewerber ausgesucht.«

Anni war enttäuscht. »Natürlich habe ich mich beworben. Kannst du noch was machen?«

»Ich könnte es über das Thema ›Gleichberechtigung der Frau‹ versuchen.«

Rasel fühlte, dass das Anni nicht zufriedenstellte. Es war ihm unangenehm, gerade jetzt über solche Dinge zu sprechen. Dann versuchte er, die Nacht mit Leidenschaft zu retten.

Martha erholte sich nur sehr langsam von dem Eingriff. Sie fühlte sich zudem als Frau nicht mehr begehrenswert, doch sprach sie mit niemandem darüber. Das trübe Wetter verstärkte ihre depressive Stimmung. Zu ihrem Glück kam Ingrid mit Gustav wieder für einige Tage zu Besuch. Martha schob ihn in der Kinderkarre gern durchs Dorf und nutzte jede Gelegenheit für ein Schwätzchen mit dem einen oder anderen Nachbarn.

Nach der Untersuchung in den ersten Dezembertagen hatten die Ärzte ausgeschlossen, dass sie je wieder Feldarbeit verrichten könne. Trost fand sie bei der Aussicht, als Invalidenrentnerin bald ihre Geschwister und Amrum wiedersehen zu können. Sie stellte sich bereits vor, mit dem Interzonenzug über Magdeburg, Marienborn, Helmstedt nach Hannover zu fahren, und wie sie dort ihr Bruder mit dem Auto abholen würde. Und damit weiter nach Hamburg und bis zur Fähre nach Amrum. Dann die Dünen, der ausgedehnte Strand, die klare Luft, das Meer. Sie würde wieder Friesisch sprechen, und bedauerte, ihre Muttersprache nicht ihren Kindern beigebracht zu haben. Oscar hatte nie Interesse gezeigt, Friesisch zu lernen. Vielleicht passte die Sprache auch nicht hierher. Der hiesige Dialekt klang in ihren Ohren nicht angenehm. Sie verband ihn irgendwie mit der DDR und dem Regime. Es lag wohl auch daran, dass man sie und Ingrid anfangs im Dorf wegen ihres Hochdeutschs als ›Feinsprecher‹ verspottete. Sie war nahezu mittellos hergekommen, nur mit Kind, obwohl sie aus wohlhabendem Hause stammte. Dass die furchtbare Nachkriegssituation die Ursache war, interessierte ihre Schwiegermutter in keiner Weise. Sie hatte eine ordentliche Mitgift erwartet. Als nichts kam, bevorzugte sie ihre eigene Tochter. Marthas Start stand unter keinem guten Stern. Harte Arbeit, weit weg von ihrer Mutter, die Last des sogenannten ›Solls‹ der hohen Zwangsabgabe für selbstständige Bauern. Nur die Liebe zu Oscar hielt sie hier. In den Fünfzigerjahren war sie heimlich mit Ingrid über die ›Grüne Grenze‹ in den Westen gegangen, doch ab 1961 war das ja auch unmöglich.

Voller Enthusiasmus füllte Martha eines Abends die erforderlichen Formulare für ihren Antrag aus.

Mitten in der Mathematikstunde wurde Gunnar zum Direktor gerufen. Im unbesetzten Sekretariat wartete ein Mann, der sich als ›Herr Platzek‹ vorstellte. Er forderte Gunnar auf, mitzukommen, Major Schöner wünsche ihn zu sprechen. Gunnars Einwand, er habe Unterricht, ließ der Mann nicht gelten. Das sei mit dem Direktor abgestimmt. Sie verließen die Schule durch den Haupteingang, wo ein Lada mit Fahrer wartete. Im Präsidium der Volkspolizei Merseburg führte Platzek Gunnar in einen Besprechungsraum.

Schöner erschien und forderte ihn auf, sich zu setzen. »Lass uns mal über die Kirchengruppe in Halle reden. Wie bist du denn da hineingeraten?«

Gunnar sah ihn überrascht an. »Ich bin nicht in einer Kirchengruppe.«

»Ich weiß, dass du Kontakte hast.«

»Ach so, Sie meinen die Leute von der St. Johannis-Kirche. Ich habe im letzten Urlaub ein Mädchen kennengelernt. Wir haben uns unverbindlich verabredet. Zwei- oder dreimal bin ich dann halt mitgegangen.«

»Wo habt ihr Urlaub gemacht?«

»Auf Burg Bodenstein in Thüringen.«

»Wie heißt die Glückliche, die du kennengelernt hast?«

»Elli.«

»Nachname?«

»Fischer.«

»Und du bist sicher, dass in der Kirchengruppe nichts Staatsfeindliches besprochen oder gar vorbereitet wird?«

»Absolut sicher, zumindest während meiner Anwesenheit.«

Schöner lehnte sich zurück. »Wir wissen nicht nur, dass da was läuft. Wir wissen auch *genau*, was da läuft. Und du willst mir erzählen, du wüsstest nichts? Das nehmen wir mal zu Protokoll.« Schöner machte eine handschriftliche Notiz. »Weiter: was erzählt mir da der

Genosse Rasel? Du weißt nach vier Wochen Bedenkzeit nicht, was du willst? Was ist so schwer? Die Perspektiven sind klar umrissen.«

»Ich kann mich jetzt nicht entscheiden. Ich fühle mich noch nicht dazu in der Lage und würde den Gedanken gern ein Jahr wachsen lassen.«

»Warum brauchst du so viel Zeit?« Schöners Augen verengten sich. »Du weichst aus, was ein Indiz dafür ist, dass du dich gegen uns entschieden hast. Wir haben dir eine Chance angeboten, und du schlägst sie aus. Ich habe dich für intelligent gehalten.« Er schob Gunnar Papier und Stift zu und sagte scharf: »Du hast jetzt genau 30 Sekunden, die Namen und Adressen der Kirchenleute aufzuschreiben, in deinem eigenen Interesse.«

Gunnar, überzeugt davon, dass Schöner ohnehin alle Namen kannte, schrieb auf, was er wusste. Er fühlte sich dabei dennoch wie ein Verräter.

Schöner nahm das Papier. »So, mein Freund. Die Sache mit der NVA ist gestorben. Nun dreht sich die Welt anders. Du wirst eine Erklärung unterschreiben, dass du als Informeller Mitarbeiter für den Staatssicherheitsdienst arbeitest. Unterschreibst du nicht, dann wird erstens deine Mutter für den Rest ihres Lebens keine Genehmigung erhalten, in den Westen zu reisen. Zweitens knöpfen wir uns sehr bald die Kirchengruppe vor. Jedem, der es hören oder nicht hören will, sagen wir, dass du sie ausspioniert hast. Drittens wird dein Vater, weil er unrechtmäßig Volkseigentum für private Zwecke verwendet hat, seine Position bei der LPG verlieren. Viertens werden wir untersuchen,

93

ob dein Verhalten nicht als staatsfeindlich ausgelegt werden muss.«

Schöner zog ein dicht beschriebenes Blatt Papier aus seiner Mappe und legte es Gunnar zur Unterzeichnung vor.

Gunnar fühlte sich in die Ecke gedrängt. Er starrte auf das Papier. Er war unfähig, es zu lesen. Trotz gewann die Oberhand: »Herr Major, ich lasse mich nicht erpressen. Weder verpflichte ich mich bei der NVA, noch werde ich Informeller Mitarbeiter beim MfS. Ich unterschreibe nichts.«

Schöner gab sich gelassen. »Nun, mein Freund, dann war es das. Harren wir der Dinge, die kommen werden.«

Er verließ ohne ein Wort den Raum. Kurz darauf erschien Platzek und führte Gunnar aus dem Gebäude.

Schöner ging zurück in sein Dienstzimmer, wo er zum Telefon griff und eine Nummer in der Abteilung wählte, die die Reiseanträge bearbeitete.

»Ja, Schöner hier. Falls eine gewisse Martha Mechlenburg aus Wallendorf einen Reiseantrag in die BRD stellt, informieren Sie mich sofort. Ohne meine Rückmeldung wird der Antrag nicht bearbeitet, geschweige denn genehmigt. Ist das klar?«

Dann machte Schöner einen Anruf in Wallendorf. »Hallo, Frau Ernst. Ich bitte Sie, Ihrem Mann auszurichten, er soll Oscar Mechlenburg bei nächster Gelegenheit degradieren.«

Dann rief er einen Kollegen aus der Hauptabteilung V an, mit der Anweisung, sich gleich nach Weihnachten die Kirchengruppe vorzunehmen.

Nach den Telefonaten setzte er sich und dachte darüber nach, wie er mit Gunnar selber verfahren könne. Er wollte ihm eine Falle stellen. Und er dachte dabei an Gabi. Er würde sich mit Platzek abstimmen.

Für Stefan Möbius hatte sich die Zusammenarbeit mit Anni Ernst gelohnt. Tatsächlich ließen sich neuerdings mehrere Frauen aus Merseburg von ihm frisieren. Im Dorf begründete er das mit seinem Können. Bei einigen rief das zwar Verwunderung hervor, aber nur vagen Verdacht.

Beim Abendessen der Familie berichtete Leo, dass Gunnars Mutter wegen Invalidität einen Reiseantrag stellen wolle.

Conny entgegnete: »Vielleicht will sie ja im Westen bleiben. Hier liegt sie nur unserer Gemeinschaft auf der Tasche.«

Leo wurde laut: »Sie ist 53 Jahre alt und hat ihr ganzes Leben gearbeitet. Sie war immer freundlich und hilfsbereit.«

»Du bist natürlich auf ihrer Seite, weil sie Gunnars Mutter ist. Dabei belügt er dich.«

»Rede nicht eine solche Scheiße!«

Sein Vater mischte sich ein: »Leo, ich verbiete dir, so mit deiner Schwester zu reden. Gunnar hat Geheimnisse vor dir. Das weißt du selbst am besten. Und über seinen Vater erzählt man im Dorf, er habe versucht, die Frauen zu bestechen, um sie zu Aussagen gegen Ernst zu verleiten. Das erfordert schon eine gewaltige Portion Dreistigkeit.«

Leo fühlte sich hilflos. »Das ist das Dämlichste, was ich je gehört habe! Nie und nimmer glaube ich das.«

Leos Großvater sagte: »Hohlfeld hat mir erzählt, die Mechlenburgs hätten sich über ihn lustig gemacht, weil er den Hund seines Freundes versehentlich mit einer Marderfalle getötet hat.«

Stefan fragte Leo: »Wie fändest du es, wenn Gunnar den Hund umgebracht hätte?«

»Gunnar hat den Hund nicht umgebracht!« Leo sah seinen Vater verständnislos an. »Und wenn er es getan hätte, würde ich nicht mehr mit ihm sprechen. Aber er hat den Hund nicht umgebracht. Das war der blöde Hohlfeld mit seiner Falle.«

Conny ließ ihn nicht weiterreden. »Siehst du! Du verteidigst diese Familie schon wieder.«

Stefan zwinkerte Conny zu und sagte: »Wir verstehen, dass du dich für Gunnar einsetzt. Ich vermute aber, dass sich deine Treue zu ihm rächen wird. Wie auch immer: Wir sollten uns durch Familie Mechlenburg nicht unser Abendessen verderben lassen.«

Er hatte erreicht, was er wollte: Leos Zweifel an Gunnar wuchsen.

Nicht aus Notwendigkeit, sondern aus Neugier ging Anni Ernst am Montagnachmittag in den Salon Möbius. Vor Einleitung der von Schöner gewünschten Schritte gegen Mechlenburg wollte sie wissen, was es Neues gäbe. Sie hoffte, sich ungestört mit dem Friseur unterhalten zu können. Möbius hatte soeben eine Frau mit Dauerwelle unter die Trockenhaube gesetzt. Die Haube rauschte derart laut, dass die Frau von ihrem Gespräch nichts mitbekommen würde.

»Na, Frau Ernst, soll es schon die Weihnachtsfrisur werden?«

»Das hängt davon ab, ob Sie schon Weihnachtsinformationen für mich haben.«

Anni Ernst vermittelte ihm den Eindruck, sie pflege mit ihm eine freundschaftliche Beziehung. Dass sie dabei ihren Vorteil im Auge behielt, ließ sie den Friseur nicht spüren.

»Was hört man denn von den Mechlenburgs?«

»Sie hat ihren Reiseantrag gestellt. Die Behörden sollten sich reiflich überlegen, ob sie den genehmigen.«

»Mein lieber Möbius, wie meinen Sie das?« Sie tat, als dränge sich die Frage auf.

»Wir haben das beim Abendbrot diskutiert. Ich unterstütze da meine Tochter, die das auf den Punkt bringt. Die Frau arbeitet nicht mehr und darf zur Belohnung in den Westen reisen. Das ist ungerecht.«

»Ich verstehe Sie«, sagte Ernst, um dann einzuwenden: »Aber Frau Mechlenburg ist krebskrank und wird vermutlich nie mehr arbeiten können.«

»Es bleibt dennoch ungerecht«, beharrte der Friseur.

Aus Möbius spricht purer Neid, dachte Anni. Neid ist ein starkes Gefühl, sagte sie sich, so wie die Kränkung, die Mechlenburg ihrem Mann beigebracht hatte. Intuitiv fragte sie sich nach den Beweggründen ihres Handelns. Sie wusste es. Sie fühlte sich von der Partei nicht gesehen. Jahrelang hatte sie selbstlos ihre Pflicht in der Dorfschule mit ihren sechs Klassen erfüllt. Jetzt wollte sie mehr: die Leitung einer großen Schule.

Anni Ernst erreichte, vom Friseur kommend, gemeinsam mit ihrem Mann das Haus. Nach einer knappen Begrüßung gingen beide in die Küche, wo sie eine Flasche Rotkäppchen-Sekt öffnete. Sie schenkte ein und sprach, beredsam wie immer, sofort Martha Mechlenburgs Reiseantrag an.

»Das war zu erwarten«, entgegnete Ernst, »ich habe schon gehört, dass sie nicht mehr arbeiten kann.«

»Das mag sein. Ich bin da mit dem Friseur einer Meinung. Eigentlich geht das nicht. Wieso darf die in den Westen reisen, wo sie unserer Gesellschaft nur noch auf der Tasche liegen wird? Und«, schob sie nach, »wo sich ihr Mann dir gegenüber so danebenbenommen hat.«

»Das ist nett ausgedrückt. Er hat versucht, mich lächerlich zu machen. Es wird Zeit, dass wir ihm das heimzahlen. Wie steht denn die Sache mit dem Sohn, du sagtest, der sei auch störrisch.«

»Er weigert sich, für unsere Gesellschaftsordnung einzutreten. Mein Verbindungsoffizier meint, da müsse schwereres Geschütz aufgefahren werden.«

»Der Meinung bin ich auch. Lass uns mal überlegen, wie wir die Familie auf den Boden der Tatsachen zurückholen können.«

Sie sahen sich an, wissend, dass sie das Gleiche dachten.

»Würde ihr Antrag angelehnt, träfe das zwar beide. Aber das genügt mir nicht.«

»Schöner sagt, du sollst den Mechlenburg degradieren. Der wird protestieren, aber du hast Gründe. Soll er sich eine andere Arbeitsstelle suchen, wenn es ihm nicht passt.«

Ernst nickte. »Die Idee finde ich gut. Ich werde ihn als unzuverlässig einstufen. Aber er wird sich beschweren.«

»Mechlenburg wird keine Chance auf eine erfolgreiche Beschwerde haben. Und was seine Frau betrifft: Es wird sehr wahrscheinlich keine Genehmigung geben.«

»Schön. Morgen knöpfe ich mir Mechlenburg vor. Der wird sich wundern.«

Schöner saß zurückgelehnt an seinem Schreibtisch und sah aus dem Fenster. So konnte er am besten Ideen entwickeln. Das strikte Nein Gunnars und die heftigen Widerworte überraschten und ärgerten ihn zugleich. Andererseits war er pragmatisch genug, um sich die Niederlage einzugestehen. Er beschloss, die Beziehung zwischen Gabi und Gunnar zu zerstören.

Er rief Platzek in sein Büro.

»Herr Platzek, im Fall Mechlenburg entspricht der Aufwand nicht dem Nutzen. Die Observierung von Gabi wird eingestellt. Ihre Post kontrolliere ich. In Wallendorf streuen wir, dass Gunnar in etwas Staatsfeindliches verwickelt ist. Lassen Sie sich etwas einfallen. Über den Friseur streuen wir, dass seine Mutter seinetwegen keine Reisegenehmigung erhält. Sein Vater verliert den Posten des Feldbaubrigadiers, weil er ungefragt Staatseigentum zu privaten Zwecken genutzt hat. Besuche von Verwandten aus Westdeutschland werden nicht mehr genehmigt. Pakete werden nicht wie bisher nur kontrolliert, sondern beschlagnahmt. Die gesamte Post wird vor der Auslieferung geprüft.

In der Kirchengruppe in Halle verbreiten wir das Gerücht, dass er einer von uns ist.

Bleiben noch die Informationen aus Ihren Aufnahmen«, fuhr Schöner fort. »Die Geschichte mit dem Porzellan nutzen wir, um Martha Mechlenburg als nicht vertrauenswürdig darzustellen. Gehen Sie zu der Porzellanfrau, erzählen Sie ihr, dass die Mechlenburg die Geschichte weitergetratscht hat.«

»Sollten wir das nicht unter der Decke halten? Einige Leute werden sicher glauben, dass die ›Kommerzielle Koordinierung‹ das Porzellan übernommen hat.«

»Ich stelle mir keine Veröffentlichung vor. Die Frau soll der Mechlenburg ihre Enttäuschung über den Vertrauensbruch vorhalten. Vor allem muss Gunnar das auch erfahren.«

»Und dann?«

»Nichts. Lassen Sie es ruhig angehen, unsere Stunde kommt. Ich sage Ihnen, Gunnar Mechlenburg wird die Verpflichtung zum Informellen Mitarbeiter unterschreiben.«

»Was ist mit seinem Verhältnis zu Gabi?«

»Mit der Porzellangeschichte unterstellen wir praktisch, dass Gabi mit uns zusammenarbeitet. So impulsiv, wie der Mechlenburg ist, wird er mit ihr Schluss machen.«

Ein heftiger Wintereinbruch über Nacht brachte die wenigen für die Bauern im Freien möglichen Arbeiten zum Erliegen. Sie befassten sich mit Wartungs- und Reparaturarbeiten an Fuhrpark und Erntemaschinen. Oscar ging zu Ernst ins Büro, um für den Rest des

Jahres Urlaub zu beantragen.

Ernst bat ihn, Platz zu nehmen und begann umständlich: »Oscar, ich habe mir Maßnahmen zur Erhöhung der Arbeitsproduktivität im nächsten Jahr überlegt. Dazu gehört, dass ich unserm neuen Mitglied, dem Genossen Haupt, der die staatliche Landwirtschaftsschule mit Auszeichnung bestanden hat, eine Perspektive gebe. Er wird ab Januar deinen Posten als Feldbaubrigadier übernehmen. Du wirst künftig in der Kraftfahrerbrigade arbeiten. Ich bin davon überzeugt, dass du deine Erfahrungen dort hervorragend einbringen kannst.«

Oscar starrte Ernst an. »Ich mache die Arbeit seit meinem Eintritt in die LPG, also über zehn Jahre. Der Posten war Voraussetzung, dass ich überhaupt eingetreten bin. Das habe ich schriftlich. Du kannst mich nicht degradieren.«

»Ich bin verpflichtet, sicherzustellen, dass nur zuverlässige Personen in den Führungskadern arbeiten, und zu diesem Kreis gehörst du nicht.«

Oscar geriet in Rage: »Rede doch keine Scheiße! Du willst mir eine schlechter bezahlte Stelle verpassen, weil du immer noch wegen der Scheunengeschichte beleidigt bist.«

»Ich stelle lediglich das Gemeinwohl vor persönliche Interessen. So kann und darf ich zum Beispiel nicht dulden, dass du Volkseigentum für persönliche Zwecke missbrauchst.«

»Der Bagger ist kein Volkseigentum, sondern Genossenschaftseigentum, und ich bin Teil dieser Genossenschaft. Ich habe mein Land freiwillig eingebracht.

Ich habe aus der Genossenschaft nicht nur Verpflichtungen, sondern auch Rechte. Du hast gar nichts eingebracht, außer deiner Parteizugehörigkeit.«

»Was willst du damit sagen?« Ernst spürte Wut aufsteigen. »Dass du als Großgrundbesitzer mehr Rechte hast? Wir haben dir eine Chance gegeben, und du trittst alles mit Füßen. Und glaube mir, deine Frau wird keine Reisegenehmigung erhalten, das ist bereits entschieden.« Ernst bereute den letzten Satz. Die Versuchung war aber zu groß gewesen.

Es schmerzte Oscar, dass offenbar bereits entschieden war, Martha nicht reisen zu lassen. Er wusste nicht, wie er Martha erklären sollte, dass ihr Antrag wegen seines Streits mit Ernst abgelehnt würde. In dem Moment hasste er Ernst und sein ganzes kleinkariertes Spießbürgertum. Er kannte das aus den Dreißigerjahren, als er seinen arischen Stammbaum, der ihm gleichgültig war, nicht an seinen Vorgesetzten weitergab. Er hatte die Forderung wochenlang ignoriert. Der Mann bekam seinetwegen Schwierigkeiten, war persönlich beleidigt und ließ es ihn bei jeder Gelegenheit spüren. Nur dessen Versetzung in eine andere Einheit beendete das Spießrutenlaufen.

Oscars Stolz verbot ihm, den Bittsteller zu spielen. Er stand auf und verließ wortlos das Büro.

Nachdem er in der örtlichen Kneipe ein paar Schnaps getrunken hatte, kam Oscar niedergeschlagen nach Hause. Er verschwand in den Ställen, ohne seine Frau zu begrüßen. Martha, die ihn vom Wohnzimmerfenster aus sah, spürte sofort, dass etwas Schwerwiegendes vorgefallen sein musste. Sie beobachtete ihren Mann, bis sie es nicht mehr aushielt und nach draußen ging.

»Hast du getrunken?«

»Ernst hat mich degradiert.« Oscar nahm Marthas Hand. »Aber das ist nicht alles. Der Kerl will uns beide fertigmachen.«

»Wie meinst du das?«, fragte Martha ängstlich.

»Er versucht zu verhindern, dass du nach drüben reisen kannst.« Oscar sagte das mit Tränen in den Augen.

Martha wurde blass, unfähig, ein Wort zu sprechen. Verzweifelt umarmte sie ihren Mann. Dann löste sie sich von ihm und sagte klar: »Was auch immer geschieht, wir halten zusammen und stehen es durch!«

Oscar sah sie an. Ein Glücksgefühl durchströmte ihn. Das war seine Martha.

Zwei Wochen vor Weihnachten ahnte Martha bereits, dass dieses Jahr anders würde als die vergangenen. Es kam keine Post aus dem Westen, weder Briefe noch Pakete, nichts.

Enttäuscht dachte sie an die vergangenen Jahre. Sie hatte sich immer das Privileg vorbehalten, diese Pakete zu öffnen. Es bereitete ihr eine heimliche Freude, die Geschenke einzeln aus den Kartons zu nehmen und sie ihren Lieben mit verschwörerischem Blick zu überreichen, als teile sie eine Beute auf. Gespannt verfolgte die Familie jede ihrer Bewegungen. Die Sachen aus dem Westen hatten das Verbotene, Seltene, das besonderes Interesse weckte.

Gunnar bemerkte kurz vor Weihnachten zufällig,

dass die Tür zur ›guten Stube‹, in der sonst die West-
pakete wie in einem Tresor verstaut lagen, unverschlos-
sen war. Neugierig sah er hinein, kein einziges Paket
befand sich darin. Mit einigem Unverständnis fragte
er seine Mutter beim Abendessen danach.

»Ich hoffe, es handelt sich nur um die üblichen Ver-
zögerungen bei der Post«, beschwichtigte sie.

Doch Gunnar befürchtete, es könnte mit den Vor-
kommnissen der letzten Zeit zusammenhängen.

Auch Martha vermutete Schlimmes, wollte die
Hoffnung aber noch nicht aufgeben. »Sicher gibt es
eine plausible Erklärung. Ich gehe nachher zum Pastor
und rufe meinen Bruder in Hamburg an. Vielleicht
sind die Pakete zu spät verschickt worden.«

Nach dem Abendessen verließ sie das Haus, um zu
telefonieren. Der Pastor, ein gutmütiger Mann, ließ
oft Leute telefonieren, zum Leidwesen seiner Frau,
die so fast jeden Abend Besucher im Wohnzimmer
hatte. Martha bekam überraschenderweise sofort eine
Verbindung. Ihr Bruder freute sich über den Anruf.
Sofort wechselten sie ins Friesische. Erstes Thema war
der Reiseantrag. Alle freuten sich auf das Wiedersehen,
machten Pläne für den Besuch. Dann fragte Marthas
Bruder von sich aus, ob die Pakete schon angekommen
seien. Er habe zwei schon im November abgeschickt,
wie Marthas andere Geschwister auch. Sie erwiderte,
dass nichts angekommen sei. Sie verkniff sich einen
Kommentar am Telefon.

Enttäuscht ging sie nach Hause. Die fragenden
Blicke ihrer Familie konnte sie nur mit Kopfschütteln
beantworten. Dann aber sagte sie: »Trotzdem will ich

ein schönes Weihnachtsfest mit euch verbringen. Ich darf dankbar sein, dass ich mich von der Operation erhole und dass wir gesund sind und vereint feiern können.«

An nächsten Tag besuchte Gabi erstmals Gunnar in Wallendorf. Er wollte ihr den Hof zeigen und sie seinen Eltern vorstellen. Sie wollte Gunnar in seinem Zuhause erleben. Der Hof beeindruckte sie nur insofern, dass sie dachte, es sehe nach zu viel Arbeit aus. Gunnars Eltern empfingen sie überaus freundlich, fragten persönliche Dinge, blieben dabei jedoch unaufdringlich.

Die ›Tagesschau‹ berichtete von der Unterzeichnung des Grundlagenvertrages zwischen der BRD und der DDR. Schon während der Sendung entstand eine muntere Diskussion. Vor allem Martha schöpfte Hoffnung.

»Endlich ändert sich etwas. Dann können sie mir die Reise nicht mehr verweigern.« Sie rief es laut und zog dabei die Aufmerksamkeit aller auf sich. Niemand sagte etwas dagegen.

Am Heiligen Abend fiel Schnee. Die weiße Weihnacht bescherte der Familie Mechlenburg ein festliches Gefühl und ließ die Sorgen der letzten Tage vergessen. Am Vormittag schickte Martha ihren Sohn in den Dorfladen. Heike verbrachte den Abend mit ihrem Mann und den Schwiegereltern in Bad Lauchstädt. Ingrid war mit ihrer Familie aus Jena gekommen. Gustav tobte freudig im Haus herum und versuchte Gunnar dazu zu bringen, mit ihm zu spielen. Im Hof lieferten sich beide eine Schneeballschlacht. Nach dem Essen war Gustav nur mit Schwierigkeiten zum Mittagsschlaf zu bewegen, aber dann kehrte doch Ruhe ins Haus ein. Die Frauen begannen den traditionellen Mechlenburger Salat anzurichten: Bratwurst, Blutwurst, Jagdwurst, Speck, Kartoffeln, Gurken, Äpfel, Eier und Hering, fein gewürfelt und durchmischt. Martha und Oscar schmückten den Weihnachtsbaum wie jedes Jahr, und sie hielten die ›gute Stube‹ bis zur Bescherung verschlossen.

Als Gunnar, Ingrid, ihr Mann und Gustav vom Gottesdienst zurückkehrten, wurden sie von Martha und Oscar empfangen. Unter dem strahlenden, üppig geschmückten Weihnachtsbaum lagen Geschenke, verpackt in buntem Papier. Nur Gustav bemerkte nicht, dass in diesem Jahr alles anders war. Er spielte ausgelassen mit dem geschenkten Spielzeug, und als alle ihn lachend betrachteten, dachte Martha, dass dieses Fest trotz allem so geworden war, wie von ihr gewünscht.

Gabi verbrachte den Heiligen Abend in Halle. Silvester wollte sie tagsüber in Merseburg bei ihrem Vater sein und den Jahreswechsel mit Gunnar feiern. Um den Plan nicht zu gefährden, passte sie ihr Verhalten den Gepflogenheiten im Hause Schöner an. Während eine polnische Gans im Ofen schmorte, gab es die Geschenke. Gabi bekam eine Jeans aus dem Intershop, eine Winterjacke, Geld für Schuhe. Zudem hatte ihr Vater ihr ein Päckchen mit einer taubenblauen Seidenbluse geschickt, die sie zum Abendessen sofort anzog.

Gabi deckte den Tisch. Weißes Tischtuch, Silberbesteck, Meißner Porzellan und kristallene Gläser für Wasser und Rotwein. In gelöster Stimmung verspeiste das Trio die Gans, bis es passierte. Gabi stieß versehentlich ihr Rotweinglas um. Der Dornfelder von der Unstrut ergoss über die Tischdecke. Im ersten Moment herrschte absolute Stille. Sie wollte sich schon für ihre Ungeschicklichkeit entschuldigen, als sie die vielen Rotweinspritzer auf ihrer Bluse bemerkte. Gabi war nicht imstande zu sprechen, Tränen schossen ihr in die Augen.

Schöner, schon im Begriff, seinem Ärger Luft zu machen, besann sich. Er berührte seine Frau am Arm: »Bitte, Helga, nicht schimpfen, Gabi ist gestraft genug. Die Bluse ist hin.«

Dann wandte er sich an Gabi. »Wir könnten versuchen, nächste Woche in Leipzig eine gleiche Bluse zu bekommen.«

Gabi war irritiert. »Das würdest du tun?«

»Ja, versprochen!« Schöner blickte ihr vertrauensvoll in die Augen.

»Und warum tust du das?«

»So ein Missgeschick kann jedem passieren. Es gehört zum Leben. Klar ist mir auch, wenn wir eine neue Bluse kaufen, ist sie nicht mehr dieselbe, nicht mehr von deinem Vater, sondern von mir. Aber sie ist trotzdem wieder da. Sie steht dir übrigens wunderbar. Und noch etwas habe ich mir überlegt: Wir hatten lange ein schwieriges Verhältnis. Ich möchte das ändern. Ich will mir Mühe geben, dir mehr Freiräume anzubieten. Schließlich bist du kein Kind mehr. Vielleicht erkennst du mein Angebot als ersten Schritt in die Richtung.«

»Danke, Andreas«, brachte sie freudig heraus, »ich werde mir auch Mühe geben.«

»Keine Ursache. Zieh dich rasch um. Wir räumen ab, und dann kommt die Nachspeise.«

Schöner war zufrieden. So leicht bekam er eine Gelegenheit, das Verhältnis zu seiner Stieftochter zu verbessern. Er würde das in seine Pläne einbauen.

Gabi hatte Gunnar geschrieben, dass sie am Jahresende in Merseburg sein werde und Silvester gern mit ihm verbringen wolle. Gunnar freute sich. Leo und andere Klassenkameraden hatten ihn bereits mehrmals gefragt, ob er mit ihnen im Dorfgasthaus feiern wolle. Gabis Vater jedoch hatte verlangt, dass Gunnar sie in Merseburg abhole und sie spätestens gegen ein Uhr wieder nach Hause bringe. Gunnar solle gegen fünfzehn Uhr zum Kaffeetrinken kommen. Nach dem Mittagessen heizte Gunnar den Badeofen ein.

Nach dem Bad schnitt ihm seine Mutter die Haare. Er erzählte ihr, dass er Gabi abholen und mit ihr Silvester feiern werde. Um halb drei verabschiedete er sich von seinen Eltern und radelte etwas mühsam auf der leicht verschneiten Straße nach Merseburg.

Gabi öffnete die Tür. Sie zog ihn am Ärmel zu sich und gab ihm einen Kuss auf den Mund. Aus dem Hintergrund tönte Beates Stimme. »Sie küssen sich!«

Gabis Vater und dessen neue Frau begrüßten Gunnar sehr freundlich und baten ihn ins Wohnzimmer an die Kaffeetafel. Beate beobachtete ihn unverhohlen. Auch Gabis Vater behielt ihn im Auge, um einen

Eindruck von ihrem Freund zu bekommen. Nach der Ermahnung, rechtzeitig wieder zurück zu sein und nicht zu viel zu trinken, verabschiedete Gabis Vater die beiden.

Sie fuhren auf ihren Fahrrädern nach Wallendorf. Als sie das Gasthaus gegen sieben Uhr erreichten, standen davor schon viele Jugendliche, unterhielten sich, rauchten, tranken Bier. Drinnen dröhnte lautstark Discomusik. Leo war bereits leicht betrunken. Als er Gabi und Gunnar erkannte, lief er mit der lautstarken Ankündigung auf sie zu, er habe einen Tisch reserviert. Sie zahlten den Eintritt und betraten den festlich geschmückten Saal. Die meisten Tische waren besetzt, zumeist mit Leuten mittleren Alters. Kellner eilten mit beladenen Tabletts umher. Auf der Bühne war eine Musikanlage aufgebaut, enorm große Lautsprecher. Es wurde getanzt.

An ihrem Tisch saßen bereits mehrere Jugendliche aus dem Dorf. Ehe Gunnar zu Wort kam, hatte Leo Gabi schon als Gunnars Freundin vorgestellt. Unter einer überschwänglichen Begrüßung rückte man bereitwillig zusammen. Kurz vor Mitternacht begann das unvermeidliche Herunterzählen der Sekunden unter knallenden Sektkorken.

Gunnar stieß mit Gabi an, umarmte und küsste sie. »Alles Gute für unser Neues Jahr. Ich wünsche mir, dass wir immer zusammenbleiben.«

»Das wünsche ich mir auch.«

Dann verließen sie unbemerkt die Veranstaltung und fuhren nach Merseburg. Ihr Vater war überrascht, seine Tochter so früh zu sehen. Er lud Gunnar ein, mit hereinzukommen. Später lagen Gunnar und Gabi auf ihrem Bett. Gunnar streichelt ihr Haar. Mehr wagten sie nicht, aus Sorge, Beate könnte unangemeldet hereinstürmen.

»Gabi, schwöre mir, dass du mich nie verlässt.«

»Aber wenn die Umstände dagegen sind?«

Gunnar war von Gabis Frage verstimmt. Er hatte nicht die Gelegenheit, es aufzuklären, denn jemand klopfte an der Tür.

Gabis Vater erschien. »Es ist drei Uhr. Es wird also Zeit.«

Noch ehe Gabi etwas sagen konnte, war Gunnar aufgestanden. »Ja«, sagte er viel zu eilig, »ich muss los.«

Januar – März 1973

Elli hatte auf Gunnars Postkarte geantwortet. Er wusste nicht, ob er sich freuen sollte. Schnell überflog er ihre Zeilen. Sie schlug vor, sich am Sonntag in Wallendorf zu treffen, damit der Kontakt nicht abreiße. Gunnar wunderte sich darüber, dass die Karte achtzehn Tage von Halle nach Wallendorf unterwegs gewesen war. Gunnar fand seine Mutter in der Küche und sprach die Vermutung, die alle im Hause hegten, laut aus.

»Sagen wir es endlich klar und deutlich: Die Stasi kontrolliert unsere Post. Und sie stiehlt unsere Weihnachtsgeschenke.«

»Ich weiß. Aber sprich nicht so laut, wenn das jemand hört.«

»Das ist mir scheißegal«, blaffte Gunnar zurück.

»Ich bitte dich. Wir haben Ärger genug.« Martha war besorgt. Er reagierte gelegentlich zu impulsiv, ohne nachzudenken, was er sich damit einbrockte.

»Mutti, ich weiß das. Ich möchte nicht wissen, was mit Leuten passiert, die das Regime öffentlich kritisieren. Als ich im Sommer Ellis Kirchengruppe besuchte, hat mir ein Mann erzählt, sie würden permanent überwacht. Er selbst sei schon einmal verhaftet worden. Und sein Freund hatte den Dienst in der NVA verweigert. Dem ging es ganz schlecht.«

Seine Mutter sah ihn erstaunt an. »Willst du etwa auch verweigern?«

»Das kann ich mir nicht vorstellen, bin ich kein Pazifist und auch nicht besonders gläubig. Und in so ein Strafbataillon will ich auf keinen Fall. Da reiße ich lieber die Pflichtzeit runter.«

»Ich befürchte, dass dir die Verbindung zu Ellis Kirchengruppe Schwierigkeiten machen kann.«

»Vielleicht, ich habe da keine Angst.«

»Wirst du da noch hingehen?«

»Elli besucht uns morgen. Ich habe aber beschlossen, den Kontakt abzubrechen.«

Elli erschien unüberhörbar wie immer. Sie ließ die Klingel an der Hoftür minutenlang dröhnen, unfähig, den Daumen vom Klingelknopf zu nehmen. Die Hausbewohner schreckten aus der Mittagsruhe. Gunnar rannte zur Hoftür.

»Elli, erst gestern haben wir deine Karte erhalten und heute bist du da, meine Eltern freuen sich schon.« Gunnar versuchte, mit einem eigenen Redeschwall Ellis Begrüßung abzumildern, was aber nicht gelang.

»Gunnar, eins will ich dir sagen, du treulose Tomate. Du meldest dich wochenlang nicht. Auch wenn du jetzt eine Freundin hast, solltest du deine alten Freunde nicht vernachlässigen.«

»Stopp Elli, komm erst mal rein. Wir begrüßen jetzt meine Eltern, ich zeige dir den Hof und dann gibt es Kaffee und Kuchen. Außerdem haben wir einiges zu besprechen.«

Martha kam bereits auf sie zu.

»Schön, dich zu sehen, Elli«, sagte sie gelassen.

»Ich freue mich auch«, sagte Elli und berichtete dann wortreich von ihren Eltern. Nach dem Kaffee zeigte Gunnar ihr den Hof. Sie stellte fortwährend Fragen.

Gunnar nutzte eine kurze Pause: »Ich muss dir was

Wichtiges sagen.«

Die Ernsthaftigkeit des Tons und sein Gesichtsausdruck ließen Elli verstummen.

»Ich weiß, dass die Stasi mich im Visier hat. Frage nicht nach Details. Es ist besser, wenn du nichts weißt. Ich würde euch nur schaden.«

»Und du? Willst du mich nicht mehr sehen?«

Gunnar wandte sich ab. Er konzentrierte all seine Kraft auf diese Antwort. Dann drehte er sich um.

»Elli, ich habe mich verliebt. Ich will mit diesem Mädchen zusammen sein. Wir können uns nicht mehr sehen.«

Martha berichtete während des Abendessens, Frau Stein sei da gewesen und habe ihr vorgeworfen, die Geschichte mit dem Porzellan weitererzählt und damit ihr Vertrauen missbraucht zu haben. Martha sagte, sie habe niemandem auch nur ein Sterbenswörtchen erzählt, und habe das Frau Stein sogar geschworen. Frau Stein habe aber gesagt, sie glaube ihr nicht und wolle mit den Mechlenburgs nichts mehr zu tun haben. Gunnar wurde hellhörig, wagte in diesem Augenblick nicht, irgendetwas zu sagen. Dann aber gestand er seiner Mutter, dass er das Gespräch belauscht, aber nur Gabi davon erzählt habe.

Martha sah ihn an. »Meinst du, sie könnte …?«

»Ich vertraue Gabi. Ich kann nicht glauben, dass sie dahintersteckt. Aber ich werde sie fragen, ob sie irgendjemandem davon erzählt hat.«

»Tu das. Es ist mir sehr wichtig, Frau Stein gegenüber ein reines Gewissen zu haben.«

»Das ist mir auch wichtig«, sagte Gunnar. Er war sich vollkommen sicher, dass Gabi nichts verraten hatte.

Anni Ernst hielt konsequent ihr Gewicht. Zufrieden mit dem Resultat, sie hatte sich in die gewünschte Konfektionsgröße 42 hineingehungert, entdeckte sie eine neue Leidenschaft: den Kauf eleganter Kleidung. Nun ständig modern frisiert und fein geschminkt, arbeitete sie sich durch die Exquisit-Läden in Halle und Leipzig. Blusen, Röcke, Mäntel und Schuhe präsentierte sie der Öffentlichkeit, während die raffinierte Unterwäsche ihrem Geliebten, Rasel, vorbehalten blieb. Als Genussmensch wusste der das zu schätzen. Im Gegensatz zu ihrem Mann, dessen Eifersucht ihr auf die Nerven ging. Dabei brachte er nicht einmal ein vernünftiges Kompliment heraus. Sie fragte sich, warum sie nicht früher auf den Gedanken gekommen war, sich besser zu pflegen und schönzumachen. Wie viel Zeit hatte sie vertan, wie viele Chancen nicht genutzt! Ihr war klar, dass ihre Verwandlung Gerede sowohl im Dorf als auch an der Schule auslöste. Es störte sie nicht. Im Gegenteil, die neidischen Blicke taten ihr gut. Sie suchte die Öffentlichkeit und verbrachte so kaum noch Zeit zu Hause. Ihr Mann reagierte bald mit einer gewissen Nichtbeachtung, was Anni ihrerseits ignorierte. Sie liebte Rasel, doch enttäuschte es sie, dass es ihm nicht gelungen war, ihr die Stelle an der Goethe-Schule zu verschaffen. Sie trafen sich ein- bis zweimal die Woche und fast ausschließlich im Interhotel in Halle. Die Wahrscheinlichkeit, dort auf

Bekannte zu treffen, hielten sie für gering und hofften, Gerüchte über ihre Beziehung zu vermeiden.

An diesem zwölften Januar nahmen Anni Ernst und Rasel nach der Konferenz ihr Abendessen im Hotel. Danach zogen sie sich mit Liebesgeflüster in ihr Zimmer zurück. Am nächsten Morgen hatte Rasel es eilig. Umständlich entschuldigte er sich bei Anni, verließ das Hotel ohne Frühstück. Er hatte einen Termin mit einem Handwerker. Anni, die das Schäferstündchen gern noch ausgedehnt hätte, fand das spießig. Sie sprach es aus, doch Rasel ließ sich nicht aufhalten. Handwerker waren schlecht zu kriegen. Hastig fuhr er mit seinem Wartburg los, in das Schneetreiben hinaus. Der Gedanke an die Nacht und das schlechte Gewissen ließen ihn nicht los. Vielleicht würde sie in einigen Jahren mehr sein als nur seine Geliebte. Derart abgelenkt übersah er in der Auffahrt in den Kreisverkehr einen Laster. Rasel spürte einen heftigen Aufprall, bevor er das Bewusstsein verlor.

Anni traf die Nachricht vom Unfall mit voller Wucht. Aufgewühlt fuhr sie ins Krankenhaus. Die Diagnose war deprimierend: Rasel hatte sich schwerste Kopfverletzungen zugezogen und lag im Koma. Die Ärzte verweigerten ihr den Zutritt zu seinem Zimmer, nur engste Angehörige seien zugelassen. Weinend verließ sie das Krankenhaus.

Der Winter hatte Wallendorf fest im Griff. Nach mehreren Tagen unter minus zehn Grad war der Dorfteich tragfähig zugefroren. An diesem Samstagnachmittag holte Gunnar seine Freundin bei ihrem Vater in

Merseburg ab. Er sprach von einem bevorstehenden Eishockeyspiel. Gabis Stiefmutter verschwand im Keller, um kurz darauf mit einem Paar Schlittschuhe für Gabi zurückzukommen. Beide fuhren mit dem Bus nach Wallendorf. Am Teich hatte sich die Dorfjugend bereits eingefunden. Gabi unterhielt sich mit einigen Mädchen, die sie am Silvesterabend kennengelernt hatte. Gunnar beteiligte sich inzwischen am Freischieben der Spielfläche. Dann wurden die Mannschaften gewählt. Gunnar gehörte dann nicht zu den Siegern.

»Ich dachte schon, das Spiel geht nie zu Ende«, befand Gabi erleichtert.

Sie verabschiedeten sich von den anderen und gingen zum Hof. Gunnar fiel ein, dass seine Eltern an dem Abend Freunde besuchten und nicht vor zehn Uhr zurück wären.

»Gabi, wir machen uns jetzt was zu essen, holen eine Flasche Rotkäppchen aus dem Keller und genießen ein Schaumbad. Einverstanden?«

Der Vorschlag überforderte Gabi im ersten Moment, doch sie stimmte zu. Gunnar schleppte Kohlen und heizte den Badeofen ein, auf dem Elektroherd brachte er Wasser zum Kochen, das er in einem Eimer ins Bad brachte. Während Gabi in der Küche Häppchen produzierte, holte er ein Brett, das quer über den Wannenrand gelegt als Tisch dienen sollte. Nach zwanzig Minuten war das Bad angerichtet. Gabi brachte die Häppchen, Sekt und Gläser auf einem Tablett. Als er zurückkam, lag sie schon im Wasser, mit Schaum bis zum Kinn. Er entkorkte die Flasche und schenkte ein. Dann zog er sich etwas verlegen aus und stieg zu ihr in die Wanne.

»Mein Schatz«, sagte sie, »das war eine wunderbare Idee.«

»Das finde ich auch«, lobte Gunnar sich selbst, »ich möchte, dass wir auf uns anstoßen, auf unsere Liebe. «

»Ja, auf uns.« Gabi bewegte sich nach vorn, wobei ihr leicht schaumbedeckter Busen aus dem Wasser tauchte. Von dem erotischen Anblick abgelenkt, vergaß er das Anstoßen. Lächelnd bemerkte sie es.

»Ein schönes Bad habt ihr gebaut.«

»Ja, war eine Menge Arbeit und es hat meinem Vater viel Ärger mit der LPG eingebracht. Und weil ich gerade beim Thema Ärger bin: Inzwischen habe ich mit dem Stasimann gesprochen und sein Angebot abgelehnt.«

»Erzähl!«

»Er hat sich aufgeregt. Ich hätte eine großartige Chance vertan. Er wollte dann, dass ich eine Verpflichtung zum Inoffiziellen Mitarbeiter unterschreibe. Das habe ich auch abgelehnt. Vermutlich vor allem deswegen wurde mein Vater degradiert, der Reiseantrag meiner Mutter abgelehnt, und auch Post aus dem Westen kommt bei uns nicht mehr an. Dann noch die Frau mit dem Porzellan, von der ich dir erzählt habe. Sie beschuldigt meine Mutter, die Sache ausgeplaudert zu haben. Hast du jemandem davon erzählt?«

»Nein, nichts«, sagte Gabi unbefangen.

»Gut. Jedenfalls habe ich meinen Eltern da einiges eingebrockt.«

Er leerte mit einem Zug sein Glas, schenkte nach und trank auch das. »Ich überlege nun, wie ich aus der Schieflage rauskomme. Unterschreibe ich, kommt alles ins Lot. Unterschreibe ich nicht, bleiben die Probleme.«

Gabi überlegte nicht lange: »Dann unterschreibe doch.«

»Ja, werde ich wohl. Ich möchte jedenfalls nicht, dass du da mit reingezogen wirst.«

Gabi schien beruhigt. Ihr lag an einem Themenwechsel. Sie begann Gunnar unter Wasser mit den Beinen zu necken. Nach einer Weile konzentrierten sie sich nur noch aufeinander.

Am Sonntagabend saß Gunnar auf seinem Bett und bereitete sich auf die Klassenarbeit im Fach Staatsbürgerkunde vor. Er hatte sich zwei Flaschen Bier besorgt, von denen er sich Unterstützung beim Lernen erhoffte. Nachdem er die erste Flasche geleert war, blätterte er noch immer zerstreut in dem Lehrbuch. Das Lernen fiel ihm normalerweise nicht schwer. Er konnte sich leicht Zahlen und Fakten einprägen, besonders zu geschichtlichen oder politischen Themen: die Errungenschaften des Sozialismus, der Imperialismus als letzte Form des Kapitalismus, die aggressive Dekadenz des Westens. Was er hier las, ging ihm nach den Erlebnissen der letzten Wochen komplett gegen den Strich. Er sah die Dinge mit anderen Augen. Was ihn noch vor drei Monaten kaum beeindruckt hatte, provozierte jetzt Ablehnung und Widerstand. Die Möglichkeit der Flucht kam ihm in den Sinn. Er malte sich aus, im Westen anzukommen und dort zu leben, ohne den Sozialismus, und vor allem ohne Stasi. Er kannte Berichte von Leuten, die man wegen kritischer Äußerungen zu langen Gefängnisstrafen verurteilt hatte. Schon das Stasi-Untersuchungsgefängnis ›Roter Ochse‹ in Halle sollte furchtbar sein. Er gestand sich ein, dass er keine Vorstellung hatte, was er im Westen machen sollte. Und er wusste nicht, was hier geschehen würde, mit Gabi und seinen Eltern. Er würde allen wehtun, und das nur aus Eigennutz. Glich er dann nicht fast schon denen, die er verurteilte? Auf der anderen Seite: Warum sollte er mitspielen, wenn er sich dabei so schlecht fühlte? Er hatte Schöner die Stirn geboten mit dem Ergebnis, dass der die Ausreise seiner Mutter verhinderte. Und sie würde vermuten, ihr Mann sei der Grund. Auch wenn es unermesslich schwerfiel, er musste ihr sagen, dass es sein eigener Konflikt war. Beklommen stellte er sich ihre Reaktion vor. Wie sie vor ihm stehen würde, mit Tränen in den Augen. Schrecklich. Also doch bei Schöner unterschreiben? Alles würde gut für seine Mutter. Nach einem Fluchtversuch aber, gelungen oder nicht, wäre es für immer vorbei. Niemand würde je wieder so einen Antrag genehmigen. Wenn es ganz schlecht liefe, müsste er selbst für Jahre ins Gefängnis.

Verächtlich starrte Gunnar auf das Staatsbürgerkundebuch, öffnete die zweite Flasche Bier und begann zu lernen.

Anni Ernst beichtete ihrem Mann den Seitensprung mit Rasel. Selbstbewusst stellte sie es als einmaligen Ausrutscher dar. Ernst glaubte ihr das natürlich nicht und sprach tagelang kein Wort mit ihr. Abgesehen von

Rasels schrecklichem Schicksal und dem Verlust, den sie dadurch erlitten hatte, reifte in ihr eine Idee. Wenn Rasel dauerhaft ausfiele, würde die Schulbehörde seine Stelle neu besetzen. Das könnte der Stellvertreter sein, aber auch jemand von außen. Der Gedanke beflügelte sie. Noch am gleichen Tag fuhr sie in ihr Büro und wählte Schöners Nummer.

»Genosse Schöner, es ist etwas Furchtbares passiert. Herr Rasel ist schwer verunglückt.«

Schöner antwortete nur mit einem »Aha« und bat sie zu berichten. Das tat sie und sagte dann, dass sie mit seiner Unterstützung zumindest vorübergehend gern Rasels Position in Merseburg übernehmen wolle. Als erfahrene Schuldirektorin besäße sie alle nötigen Voraussetzungen, gesellschaftlich sowie fachlich.

Schöner fand Gefallen an der Idee, obgleich er sich das nicht anmerken ließ. »Ich denke darüber nach, Genossin«, sagte er. »Ohne Rücksprache geht das nicht. Sie erhalten noch in dieser Woche Bescheid.«

Anni bedankte sich und legte auf. Mit einer derart kurzen Frist für die Entscheidung hatte sie nicht gerechnet. Sie dachte, dass Rasel ihr Glück gebracht hatte. Und sie sagte sich: Wenn ich seinen Posten bekomme, kriegt mich da keiner mehr weg.

Als Gunnar am späten Abend das Wohnzimmer betrat, spürte sofort er die veränderte Atmosphäre. Seine Eltern saßen stumm am Tisch. Er fragte leise: »Der Antrag ist abgelehnt, nicht wahr?«

Martha nickte weinend. Auch seinem Vater rollten Tränen über die Wangen. Gunnar setzte sich. Sie könnte reisen, dachte er, wenn ich nur mitgespielt hätte.

Rasels Unfall löste im Kollegenkreis Erschütterung aus. Die überwiegende Zahl der Schüler reagierte gleichgültig. Dass ihm Anni Ernst von der Wallendorfer Schule folgte, überraschte niemanden wirklich. Wohl aber wunderten sich die Lehrer über die Geschwindigkeit, mit der der Wechsel vonstattenging. Gunnar kannte sie als Direktorin seiner Dorfschule und als Ehefrau von Erwin Ernst.

Möbius empfing seine beste Kundin überschwänglich. »Bevor wir zu den profanen Dingen kommen, herzlichen Glückwunsch zu Ihrer Beförderung.«

»Danke, Herr Möbius. Ja, man hat mich gerufen. Es ist eine Herausforderung, die ich gern annehme, wenn auch der Anlass, der Unfall von Herrn Rasel, ein ausgesprochen trauriger ist.«

»Wissen Sie, wie es ihm geht?«

»Er liegt noch im Koma. Ich habe ein schlechtes Gewissen, dass ich seine Position übernommen habe. Dabei hat man mich, wie gesagt, aufgefordert. Was sollte ich tun?«

»Wenn man gerufen wird, wäre es doch unvernünftig, sich zu weigern.«

Frau Ernst nickte. »Sie sagen es. Es ist auch im gesellschaftlichen Sinne. Trotzdem hoffe ich, dass Herr Rasel bald aus dem Koma erwacht.«

»Es heißt, er habe Gehirnverletzungen. Da wird er wohl nicht wieder der Alte«, sagte Möbius, in gewisser

Weise abschließend.

Nach einem Moment des Schweigens wechselte Anni Ernst das Thema. »Was gibt es Neues im Dorf?«

»Der Reiseantrag von Martha Mechlenburg wurde abgelehnt. Das ist alles.«

»Hat sich jemand politisch geäußert?«

»Sie soll sehr geweint haben. Aber sie hat sich nicht zu irgendwelchen Äußerungen hinreißen lassen.«

Vor der Mittagspause sagte Lehrer Tonning zu Gunnar, er solle sich um zwölf Uhr bei der Direktorin einfinden. Gunnar sah auf die Uhr. Viertel vor zwölf. Er hatte keine Lust zu warten. Nach seinem zaghaften Anklopfen betrat er das Vorzimmer, ohne eine Reaktion abzuwarten. Er fand den Raum verlassen vor, offensichtlich war die Sekretärin zum Mittagessen. Er hörte eine Stimme aus dem Büro der Direktorin. Durch den schmalen Türspalt sah er Frau Ernst am Telefon. Dann verstand Gunnar, dass er selbst das Gesprächsthema war.

»Ja, der Antrag von Gunnar Mechlenburg auf eine Ausbildung mit parallelem Abitur liegt mir vor.«

Sie schwieg einen Augenblick.

»Ich bin da absolut Ihrer Meinung. Ich spreche die Empfehlung nicht aus. Sie haben recht, er hat sich selbst in diese Situation gebracht. Wir sind uns also einig, Genosse Schöner. Auf Wiederhören.«

Gunnar fühlte sich wie vor den Kopf gestoßen. Er wunderte sich: was hatte Schöner damit zu tun? Die Direktorin legte auf und bewegte sich zur Tür des Sekretariats. Gunnar setzte sich schnell auf einen Besucherstuhl. Sie sah ihn und schaute sich irritiert um, die Sekretärin suchend. »Ah, Gunnar. Wie lange wartest du schon hier?«

»Nicht lange«, sagt Gunnar.

»Hast du gelauscht?«

»Würde ich nie tun, Frau Ernst.«

»Na ja, und wenn schon. Ich habe dich einbestellt, um dir Folgendes zu sagen: Nach genauer Prüfung und Rücksprache mit allen zuständigen Stellen wurde entschieden, dass du für eine Ausbildung zum Chemielaboranten mit gleichzeitigem Besuch der Erweiterten Oberschule nicht infrage kommst.«

»Mit welcher Begründung?« Sein Ton war jetzt fast aggressiv.

»Ich bin dir keine Rechenschaft schuldig. Aber wenn du es wissen willst: ein Grund ist sicher dein unverschämtes Verhalten. Wir sind jedoch bereit, deinen Antrag, abhängig von deinem zukünftigen Verhalten, nach dem Schulabschluss erneut zu prüfen.«

»Was heißt das denn?«

»Ich werde das nicht mit dir diskutieren. Du kannst jetzt zurück in die Pause.«

Gabi hatte Gunnar in ›Auerbachs Keller‹ eingeladen. Sie wollte in Leipzig zuvor einige Besorgungen erledigen. Gunnar nahm wegen des Wetters in Merseburg den Zug. Er erreichte Leipzig früher als nötig und überbrückte die Zeit mit einer Fassbrause im Bahnhofsrestaurant. Gegen fünf Uhr verließ er den Bahnhof und wurde vor dem Gebäude Zeuge einer Verabschiedungsszene. Keine zwanzig Meter entfernt sah er Gabi aus einem Wartburg steigen. Auch der Fahrer stieg aus. Gunnar erkannte ihn sofort. Es war Schöner. Der umarmte Gabi, und sie gab ihm ein Küsschen auf die Wange. Sie ging in Richtung Zentrum, und Schöner stieg ins Auto und fuhr davon.

Befürchtungen, Verunsicherung, Argwohn durchfluteten Gunnars Kopf. Was war das? Gabi und der Stasimann in einem Auto. Konnte das wahr sein? Was hatte das zu bedeuten? Hatte Schöner Gabi angeheuert, um ihn auszuhorchen? War sie wirklich zufällig in den Tagen aufgetaucht, als Schöner ihn anwerben wollte? Er versuchte sich zur Ruhe zu zwingen, doch es gelang ihm nicht. Aufgewühlt und unfähig, einen klaren Gedanken zu fassen, lief er zurück in den Bahnhof, um am einzigen Kiosk eine Flasche Korn zu kaufen. Nach einem kräftigen Schluck fühlte er, wie sich wohlige Wärme in seinem Magen ausbreitete, und er beruhigte sich. Er sah auf die Uhr. In fünfzehn Minuten würde sie ihn erwarten. Gunnar zweifelte, ob er abwarten oder sie sofort zur Rede stellen sollte, und ob er ihr vielleicht Unrecht täte. Nach einem zweiten Schluck aus der Flasche entschied er, sie nicht zu treffen. Er musste nachdenken, sich Klarheit verschaffen. Er ahnte, dass es ihm jetzt nicht gelänge, unbefangen mit ihr zu sprechen.

Er stieg in den nächsten Zug nach Merseburg, suchte sich einen Platz am Fenster. Er starrte vor sich hin. Er sah Gabi, die verstört auf ihn wartete.

Als er leicht angetrunken den Merseburger Bahnhof verließ, traf er auf drei Jungen aus einer Parallelklasse. Einer von ihnen redete Gunnar an: »Na, Mechlenburg, bist du besoffen? Du siehst ja scheiße aus. Lässt dich deine Frau nicht mehr ran?« Die beiden anderen lachten. Ohne Vorwarnung schlug Gunnar zu und traf die Nase des Wortführers, der nach hinten wegkippte. Sofort rissen die anderen Gunnar zu Boden und prügelten auf ihn ein. Inzwischen war der Dritte wieder auf den Beinen. Mit heftig blutender Nase und wie von Sinnen begann er auf den am Boden liegenden Gunnar einzutreten. Ein vorbeikommendes Paar rief laut nach der Polizei. Das Trio ließ von Gunnar ab und rannte davon.

Er erhob sich langsam. »Bitte rufen Sie nicht die Polizei.«

Das Paar war damit einverstanden. Gunnars Oberschenkel schmerzten, auch die Rippen und die Arme. Ihm wurde übel. Kein Wunder, sagte er sich, ob nun vom Alkohol, den Schlägen oder von dem, was er in Leipzig gesehen hatte. Dann übergab er sich.

Er ging zu seiner Maschine und fuhr nach Hause, wo er sich in seinem Zimmer verkroch. Er fühlte maßlose Enttäuschung. Sie küsste seinen ärgsten Feind. So vertraut! Da läuft was, dachte er, sie konnte nicht wissen, dass ich heute am Bahnhof war. Ihm wurde wieder übel. Er verließ das Haus, setzte sich auf seine Maschine und raste wie verrückt durch die verschneiten Felder.

Ende Februar, Tauwetter. Der Unterricht war zu Ende. Wallendorfer Schüler standen an der Haltestelle und warteten ungeduldig auf den verspäteten Schulbus. Gelangweilt begannen die Jungen eine Schneeballschlacht. Als auf der anderen Straßenseite eine Gruppe sowjetischer Offiziere vorbeizog, nahmen sie die gemeinsam unter Feuer. Ein dicker, offensichtlich hochrangiger Offizier wurde so heftig am Kopf getroffen, dass ihm die Mütze herunterfiel. Er schrie etwas, worauf die Offiziere über die Straße stürmten und versuchten, einige der Jungen zu greifen, die in alle Richtungen flüchteten. Gunnar, der sich an der Beschießung nicht beteiligt hatte, blieb stehen, sich keiner Schuld bewusst. Mangels Verdächtigen kesselten die Offiziere Gunnar ein, der Dicke schrie etwa Unverständliches, worauf zwei andere Offiziere Gunnar unter den Armen packten und ihn abführten. Vor der Kommandantur übergaben die Offiziere ihn einem Soldaten. In einem Wartesaal befahl er Gunnar, sich auf eine Holzbank zu setzen. Nach einer halben Stunde wurde er in einen Verhörraum gebracht, wo eine Dolmetscherin Gunnars Personalien aufnahm. Danach führte ihn der Wachsoldat in ein Besprechungszimmer. Auf der rechten Seite saßen zwei Offiziere, auf der linken die Dolmetscherin und Frau Ernst. Sie wirkte genervt, wütend und angespannt. Offensichtlich hatte sie vor seiner Vorstellung schon eine Predigt hinter sich. Gunnar sah ihr an, wie unangenehm ihr diese Vorladung war. Seine Gedanken unterbrach einer der Offiziere, der zu einem Vortrag auf Russisch ansetzte. Die Dolmetscherin übersetzte eifrig. Es folgten Anschuldigungen.

»Ich habe mich nicht an der Schneeballschlacht beteiligt. Die Offiziere haben mich nur mitgenommen, weil ich nicht weggelaufen bin. Und ich bin nur deshalb nicht weggelaufen, weil ich nichts getan habe.

Das können die Mädchen bezeugen, die neben mir standen.«

Die Dolmetscherin sagte: »Aber du weißt, wer geworfen hat?«

»Ich habe das nicht gesehen, weil ich mich mit den Mädchen unterhielt.«

Es wurde wieder Russisch geredet. Dann sprach Anni Ernst. »Du bist dir über die Konsequenzen im Klaren, hoffe ich.«

»Ich habe nichts getan.«

»Du weißt, wer dabei war. Sag uns die Namen.«

»Ich weiß es nicht genau. In Frage kommen alle, die an der Haltestelle gewartet haben.«

Einer der Offiziere redete. Die Dolmetscherin sagte nun: »Frau Ernst, wir übergeben Ihnen diesen Jungen. Wir gehen davon aus, dass er mit den anderen bestraft wird.«

Ernst erhob sich, bedankte sich und forderte Gunnar auf, ihr zu folgen. Vor der Tür fauchte ihn die Direktorin wütend an: »Du hast mich bloßgestellt, unsere Schule, unsere sozialistische Republik. Das nehme ich nicht hin. Ich werde mir eine geeignete Strafe für diese Unverschämtheit überlegen. Das hier fügt sich ein in die Reihe von Vergehen, die du in der letzten Zeit begangen hast. Ich nenne das zutiefst unsozialistisches Verhalten.«

Nun wurde es Gunnar zu bunt. „Frau Ernst, ich finde es ungerecht, mir die Schuld für die Schneeballattacke in die Schuhe zu schieben.«

»Ich werde das prüfen, darauf kannst du dich verlassen.« Abrupt beendete sie das Gespräch mit dem

Satz: »Wir sprechen uns noch.« Dann ging sie zu ihrem Wartburg und fuhr davon.

Anni Ernst griff zum Telefon. Ohne Einleitung begann sie loszureden. »Herr Major, der Mechlenburg. Er hat sowjetische Offiziere mit Schneebällen beworfen. Man hat mich in die Kommandantur einbestellt. Mich! Ich sage Ihnen, es war demütigend. Ich habe mein Gesicht verloren, weil ich nichts über die prekäre Situation sagen konnte.«

Schöner konnte sich ein Grinsen nicht verkneifen. »Das ist ja furchtbar. Was ist genau passiert?«

Frau Ernst schilderte ausführlich den Ablauf.

»Hat man Mechlenburg zweifelsfrei überführen können?«

»Leider nicht.«

»Verehrte Genossin, ich knöpfe mir den Mechlenburg vor. Ich lasse Sie wissen, was dabei herauskommt. Nehmen Sie sich zusammen. Ich bin auf Ihrer Seite.«

Die Direktorin schien noch nicht beruhigt.

»Danke, Herr Major. Für mich sind diese feindlichen Ausfälle unfassbar. Die Sowjetarmee beschützt uns. Ich unterhalte beste Kontakte zu mehreren Offiziersfamilien. Ihnen verdanke ich, dass unsere Fahnenappelle neuerdings von Lenin-Pionieren gestaltet werden. Und nun das, an meiner Schule! Das spricht sich herum, mein tadelloser Ruf bei den Offizieren ist in Gefahr.«

Schöner spürte, dass es für ihn von Vorteil sein konnte, ihr auch in dieser Angelegenheit zu helfen. »Frau Ernst, Sie haben keinen Fehler gemacht. Ich lasse meine Kontakte spielen. Für Sie wird sich alles zum Guten wenden, glauben Sie mir.«

Gunnar wurde wieder aus dem Unterricht gerissen. Diesmal lud ihn Frau Ernst in einen Besprechungsraum hinter ihrem Büro. Gunnar wusste nicht, dass es den Raum gab, es war ihm auch gleichgültig. Umso mehr überraschte ihn Schöners Anwesenheit.

»Gunnar, ich hätte dich nicht für so blöd gehalten. Es ist gefährlich, sich mit der Sowjetarmee anzulegen.«

»Ich habe nicht geworfen. Dafür gibt es Zeugen.«

Der Major lehnte sich zurück. »Nun, du bist dabei, dein Leben zu ruinieren. Wir haben eine Menge Material über dich und deine Familie gesammelt. Gabi hat mich auf dem Laufenden gehalten. Ein tolles Mädel.«

»Sie lügen! Gabi ist meine Freundin. Sie verbreitet nichts Schlechtes über mich.«

Schöner lächelte. »Sie hat mir alles erzählt, von euren Ausflügen, zum Beispiel in den Zoo, von eurem Schäferstündchen und so weiter.«

»Das ist gelogen! Sicher habt ihr uns bespitzelt.«

Schöner sagte mit gespieltem Bedauern: »Willst du einen klaren Beweis? Es gibt mehrere Geschichten, die du Gabi im Vertrauen erzählt hast. Ich will die nicht alle herbeten. Eine scheint mir aber erwähnenswert, weil sie auch uns betrifft. Du erinnerst dich an die Geschichte mit dem Porzellan?«

Gunnar starrte Schöner an.

»Sinngemäß hast du doch zu ihr gesagt, dass diese Geschichte unter euch bleiben müsse, sonst könnten die Leute in Schwierigkeiten geraten. Muss ich mehr sagen?« Unbeweglich sah ihm der Major in die Augen. »Du solltest dein Verhältnis zu Gabi überdenken. Vielleicht fällt dir das leichter, wenn ich dir noch sage, dass sie ihre Rolle bis zum Ende weiterspielen wird. Natürlich wird sie so tun, als sei sie unschuldig. Das ist Teil des Spiels. Sie hat viel von mir gelernt. Sie ist ja schließlich meine Stieftochter.«

Gunnar kam deutlich vor der verabredeten Zeit zum Ratskeller. Eine der missmutigen Kellnerinnen platzierte ihn. Er bestellte ein Bier, das er dann nicht anrührte. Er starrte zur Tür. Gabi ging zögerlich auf ihn zu. Sie hatte seinen letzten Brief in der Hand, in dem er ihr geschrieben hatte, dass er nichts mehr mit ihr zu tun haben wolle.

»Warum?«

»Setz dich erst mal.« Er zündete sich eine Zigarette an. »Willst du was trinken?«

Am liebsten wäre er vor dem Gespräch geflüchtet.

Nur mit größter Mühe hielt er Gabis Blick stand. Sie hatte Tränen in den Augen.

»Du weißt, wer Major Schöner ist?«

»Ja, das ist mein Stiefvater. Ich verstehe nicht …«

»Major Schöner, dein Stiefvater also, hat versucht, mich als Informellen Mitarbeiter anzuwerben. Würde ich mich weigern, würde meine Mutter keine Erlaubnis erhalten, ihre Geschwister zu besuchen. Schöner hat mich zwei Tage, nachdem wir uns kennenlernten, erstmals angesprochen. Findest du das nicht seltsam?«

»Ich habe keine Ahnung. Wie auch? Mein Stiefvater erzählt zu Hause nicht das Geringste über seine

Arbeit.«

»Das Wichtigste ist: Schöner kennt Zusammenhänge, von denen ich nur dir berichtet habe. Du hast gesagt, du kannst ihn nicht leiden und erzählst ihm nichts, und trotzdem weiß er Bescheid. Da stimmt doch was nicht.«

Gabi schluckte. Tränen liefen über ihre Wangen.

»Du denkst im Ernst, ich rede mit Schöner über uns? Ich schwöre dir, ich habe ihm nichts über uns erzählt, kein einziges Wort.«

Gunnar glaubte ihr nicht. »Du spielst mir was vor!«

»Tu ich *nicht*! Gunnar, wir haben uns Silvester geschworen zusammenzuhalten, was auch passiert. Erinnerst du dich? Du hast es gesagt.«

»Und du hast gesagt, dass es von den Umständen abhängt! Ja, ich habe gesagt, dass wir immer zusammenhalten wollen. Nur wusste ich nicht, dass er dein Stiefvater ist. Du hast gesagt, du kommst mit dem Typen nicht aus. Und dann habe ich euch gesehen.«

»Was meinst du?«

»In Leipzig, am Bahnhof.«

Er beobachtete ihre Reaktion. In ihrem angestrengten Blick las er, dass sie nach Ausreden suchte. Schließlich sagte sie:

»Ich habe mich mit Andreas ausgesöhnt, weil ich frei sein wollte, um mich mit dir zu treffen, sooft ich will. Damit ich nicht immer fragen und lügen muss.«

»Gabi, ich glaube dir kein Wort.«

Er stand auf. »Gabi, es ist besser, wir machen Schluss. Ich kann dir nicht mehr vertrauen.«

Zu Marthas Unmut erschien Gunnar nicht zum Abendessen. Sie ging nach oben und klopfte. Durch die verschlossene Tür kam die Antwort, er brauche etwas Zeit für sich.

Eigentlich wollte Gunnar nur schlafen, doch unablässig kreisten seine Gedanken um die Ereignisse der letzten Tage. Je mehr er darüber nachdachte, desto sicherer war er, alles selbst verschuldet zu haben. Niedergeschlagen stand er auf und ging hinunter ins Wohnzimmer. Aus dem Schrank nahm er eine Flasche von Oscars Weinbrandverschnitt, setzte sich an den Tisch und trank. Die Unruhe ließ nach. Flucht erschien ihm als einziger Ausweg: Flucht aus der verfahrenen Situation, aus dem schlechten Gewissen, dem Schuldgefühl. Aber Flucht würde es seinen Eltern noch schwerer machen, ihnen jede Hoffnung auf Besserung nehmen.

Martha trat ein. »Gunnar, was tust du hier?«

»Ach Mutti, es ist alles Scheiße. Heute habe ich mit Gabi Schluss gemacht. Sie ist ein Stasispitzel.«

»Bist du dir ganz sicher? Woher willst du das wissen?«

Gunnar vertraute sich seiner Mutter an, erzählte von seinen Fehlentscheidungen, seinen Sorgen. Martha hörte ihm zu, widersprach nicht, stellte ein paar Fragen.

»Mutti, vielleicht werde ich versuchen, in den Westen zu fliehen. Ob es klappt oder nicht, das Leben wird für euch schwerer.«

»Ich kann es dir nicht verdenken«, sagte Martha, »aber ich kann dich auch nicht dazu ermutigen.«

Unfähig, das Geschehene zu begreifen, irrte Gabi durch die Straßen. Es war ihr wirklich nicht in den Sinn gekommen, mit Gunnar über ihr verbessertes Verhältnis zu ihrem Stiefvater zu reden. Sie vermutete, dass Schöners Freundlichkeit der letzten Zeit nur vorgetäuscht gewesen war. Sie fragte sich, ob er sie bespitzelt, ihre Post gelesen hatte. Sie kam gegen neun Uhr nach Hause. Geräuschvoll ließ sie die Tür ins Schloss fallen. Ihre Mutter kam aus dem Esszimmer und fragte, warum sie nicht pünktlich zum Abendessen erschienen sei. Gabi antwortete ihr nicht und schob sich an ihr vorbei.

»Gunnar hat mir erzählt, was du ihm angetan hast«, schrie sie Schöner, der noch am Esstisch saß, an. Sie ließ ihm keine Zeit zu antworten. »Gunnar hat Schluss gemacht. Wolltest du das erreichen? Gratuliere, das ist dir gelungen! Er glaubt jetzt, ich stecke mit dir unter einer Decke. Wie konntest du das tun?«

»Gabi, wen meinst du?«, sagte er fast sanft. »Gunnar Mechlenburg? Der ist dein Freund? Woher soll ich das wissen?«

»Du bist bei der Stasi!«

»Gabi, ich will ehrlich zu dir sein: Ich habe ihm ein Angebot unterbreitet. Anstatt es anzunehmen, hat er sich staatsfeindlich geäußert, wie seine Familie auch. Jetzt, wo ich weiß, dass ihr befreundet seid, hätte ich ohnehin eingreifen müssen.«

»Spar dir die Mühe! Er hat Schluss gemacht!«

»Ich kann nichts dafür, wenn er dich anlügt und dir nicht traut. Es ist seine Entscheidung.«

Gabi sank auf einen Stuhl und schlug die Hände vors Gesicht.

Schöner legte eine Hand auf ihre Schulter.

»Ich verstehe, dass das für dich bitter ist. Aber es ist zu deinem Besten.«

Sie stieß seine Hand weg und sprang auf. »Ich glaube dir kein Wort! Ich hasse dich!«

Leo war mit zu Gunnar nach Hause gegangen. Gunnars Vater arbeitete, seine Mutter besuchte Freunde. Das Westfernsehen zeigte den Kölner Rosenmontagsumzug.

»Mann, Leo, da würde ich gern mal mitfeiern!«

»Ich auch«, bestätigte Leo.

»Wir sind nun bald sechzehn«, fuhr Gunnar plötzlich in ungewohnter Offenheit fort, »findest du nicht, dass es allmählich Zeit wird, in den Westen abzuhauen?«

Leo nickte. »Meine Tante in Hessen würde sich freuen, wenn ich käme. Sie lebt allein in einem Riesenhaus.« Dann richtete er sich auf. »Und ich wäre auch meinen Alten los. Ich habe es satt, wegen jedem Kleinkram verprügelt zu werden.«

Sie schwiegen einen Moment.

»Nur«, fuhr Leo fort, »an die Grenze muss du erst mal rankommen. Fünf Kilometer Sperrzone, 500 Meter Sperrstreifen, zwei Zäune mit verminten Flächen dazwischen. Am ersten Zaun sollen zusätzlich Selbstschussanlagen installiert sein, SM 70, die auslösen, wenn man einen Draht berührt. Sie verschießen Metallstücke, die üble Verletzungen hinterlassen.«

Gunnar kannte die Information vom Westfernsehen. »An der tschechisch-österreichischen Grenze soll es keine Selbstschussanlagen geben, und Minen auch nicht.«

»Aber so einfach mit der Bahn oder der Maschine in die Tschechei fahren?«

»Wir könnten sagen, wir wollen dort die Ferien verbringen und mit dem Rad hinfahren.«

»Das erlaubt mein Alter nie.«

»Hm, dann erzählen wir unseren Eltern, wir verbringen eine Ferienwoche bei deinen Verwandten in Thüringen. Dagegen haben die nichts. Stattdessen fahren wir in die Sächsische Schweiz. Von dort aus kommen wir problemlos in die Tschechoslowakei. Vor drei Jahren war ich mit meinen Eltern in der Gegend. Ich erinnere mich an den Ort Schmilka, unmittelbar an der Grenze. Ich habe nirgends Soldaten gesehen.«

»Aber mit dem Rad? Warum nicht mit der Maschine?«

»Ein Fahrrad hat kein Nummernschild. Wir fallen nicht so schnell als DDR-Bürger auf.«

Je mehr Gunnar davon sprach, desto mehr gefiel ihm dieser Plan. »Na klar, das ist nicht um die Ecke. Wir würden ein paar Tage unterwegs sein. Wo ist das Problem?«

»Und wie dann weiter?«

»Unterkünfte suchen wir uns spontan. Wir nehmen nichts mit, was auf einen Fluchtversuch hindeutet. Geld tauschen wir in der Tschechei, eine Karte besorgen wir dort. Sollte man uns in der DDR anhalten, sagen wir, dass wir ein paar Tage in die Sächsische Schweiz wollen.«

Für Leo klang das plausibel. »Und dort brauchen

wir eine waldige Stelle, um ungesehen an die Grenze heranzukommen.«

»Richtig. Am besten wäre der Anfang der Sommerferien. Ich habe nachgesehen. Die beginnen an einem Montag, dem dritten Juli. Das ist unser Tag.«

Am 14. März war Gunnar sechzehn geworden. Er hatte auf den Tag hingefiebert, weil ihm mit sechzehn unbekannte Freiheiten zufielen. Neben den angenehmen Dingen, wie abendliches Ausgehen, Rauchen, Alkohol und dergleichen, rückte jetzt etwas Wichtiges in den Fokus: Im Westfernsehen wurde berichtet, dass der Westen Jugendliche unter sechzehn Jahren selbst nach einer gelungenen Flucht in die DDR zurückschickte. Das stellte nun kein Problem mehr dar.

In bester Feierlaune lud er einige Klassenkameraden für den nächsten Sonnabend zu sich nach Hause ein. Zu seiner Überraschung erschien Leo mit Sarah, der Neuen aus dessen Klasse. Sarahs dunkler Teint, die langen schwarzen Haare und die sehr weibliche Figur faszinierten die Jungen. Wie allen anderen war sie Gunnar gleich am ersten Tag aufgefallen. Er beobachtete, wie viele Jungen versuchten, mit Sarah anzubändeln. Erstaunlicherweise ließ sie sich auf keinen ein. Dass ausgerechnet Leo mit dem Rasseweib auf seiner Feier aufkreuzte, war eine Sensation. Er begrüßte das junge Glück zwar ausgesprochen fröhlich, spürte insgeheim aber Eifersucht auf Leo in sich aufziehen. Der fühlte sich im siebenten Himmel.

Zwei Tage später, am Montag, stand Gunnar in der Aula in der Schlange der Essensausgabe, als ihm jemand auf die Schulter klopfte. Er drehte sich um, und seine Augen weiteten sich. Vor ihm stand Sarah.

»Noch mal vielen Dank für die tolle Party«, sagte sie. »Es war schön, Leos Freunde kennenzulernen. Und da besonders dich.«

»Du warst wirklich ein Überraschungsgast«, schmunzelte er.

»Ja, Leo wollte es so, und ich hatte damit kein Problem.«

»Wie lange seid ihr denn zusammen?«

»Eigentlich sind wir nicht zusammen. Leo hat mich einfach gefragt, ob ich ihn begleiten würde.«

Gunnar bekam sein Essen. »Bis später«, sagte er beiläufig. Kaum hatte er Platz genommen, setzte Sarah sich mit einem kurzen »Darf ich?« neben ihn.

»Setzt du dich nicht zu Leo?«

»Der ist bei der Direktorin. Es gibt irgendetwas Wichtiges zu klären.«

»Na so was. Ich hätte Frau Ernst versetzt.«

Sarah lachte. »Aha, und warum hättest du das?«

»Es gibt eben Dinge, die ich anderen nicht überlassen würde.«

»So, so.«

»Was hältst du davon, dass wir unser Gespräch fortsetzen, ohne dass uns die ganze Schule beobachtet?«

»Ich werde mir überlegen, ob ich das will.«

»Ist ja schon mal kein Nein«, flirtete er weiter.

»Kann aber ein ›Nein‹ werden. Gunnar, ich habe bei dir ein Buch mit Beatles-Texten gesehen. Würdest du es verkaufen?«

»Vorstellen könnte ich es mir.«

Sie standen auf, um die Tabletts zur Sammelstelle zu bringen. Im Gedränge fiel ihnen nicht auf, dass Conny dicht hinter ihnen stand.

»Du magst also die Beatles?«

»Ja, aber eigentlich ist meine Mutter bei uns der größte Fan. Sie hat übermorgen Geburtstag. Das Buch wäre das perfekte Geschenk.«

»Okay, ich überlege mir bis morgen einen Preis und bringe das Buch mit.«

Sarah überlegte. »Ich bin die beiden nächsten Tage nicht in der Schule.«

»Brauchst du das Buch nicht übermorgen?«

»Ja, am Abend. Können wir uns treffen, übermorgen so gegen fünf Uhr am Gotthardteich an der Eisenbahnbrücke?«

»Ich kann das einrichten. Was …«

»Wunderbar, vergiss das Buch nicht«, unterbrach sie ihn und verschwand.

Beim Abendessen der Familie Möbius kündigte Conny Neuigkeiten an. »Sarah und Gunnar saßen beim Schulessen nebeneinander. Sie haben sich im Flüsterton unterhalten. Gunnar hat offensichtlich etwas erzählt, das Sarah sehr amüsant fand.«

Leo kannte die Übertreibungen seiner Schwester. »Na und?«

»Als er seine Hand auf ihre legte, hat sie ihre Hand nicht weggezogen. Ich sage dir, da bahnt sich was an. Sie haben sich schon verabredet.«

Leo glaubte Conny nicht, aber nachdem Gunnar ihm lange sein Verhältnis mit Gabi verschwiegen hatte, blieb er misstrauisch. Dann dachte er, dass es eigentlich unwichtig war, denn sie wollten ja fliehen. Connys letzter Satz fiel ihm ein. Und warum wich Sarah seiner Frage, ob sie seine Freundin sein wolle, immer wieder aus?

Einen Tag später erschien Anni Ernst im Salon. Möbius berichtete beiläufig von Connys Verdacht, es bahne sich etwas zwischen Gunnar und Leos Klassenkameradin Sarah an, und dass Leo wohl selber an dieser Sarah interessiert sei

Anni Ernst hörte aufmerksam zu und überlegte: »Das wäre eine Chance, Leos Freundschaft zu Gunnar ins Wanken zu bringen. Würde Leos Eifersucht auf Gunnar nur stark genug, könnte er Gunnar letztlich sogar auf den Gedanken bringen, eine Republikflucht zu versuchen. Angenommen, so ein Plan gelingt, hätten wir ein wunderbares politisches Motiv. Allen wäre gedient.«

»Schön, und wie wäre *mir* gedient?«

Sie fixierte ihn scharf. Der Friseur ist gierig, dachte sie. Das wird ihm irgendwann das Genick brechen.

»Herr Möbius, mein Rat an Sie ist, es nicht zu übertreiben.« Sie zögerte, um dann nachzusetzen: »Aber ich verstehe Sie. Möglicherweise könnte am Ende die Erlaubnis stehen, in Merseburg einen zweiten Salon zu eröffnen.«

»Frau Ernst, ich weiß Ihren Rat zu schätzen. Nun, lassen Sie mich machen. Ich kann mir vorstellen, dass

Ihre Idee eine reelle Chance hat.«

Anni nickte wohlwollend. »Ich nehme Sie beim Wort«, sagte sie, um zufrieden den Salon zu verlassen.

Je mehr sie auf dem Heimweg darüber nachdachte, desto mehr freute sie sich über ihre Idee. Endlich gab es einen Plan. Etwas, was sie bei Schöner vermisste. Noch am gleichen Abend rief sie ihn an. Er zeigte sich erfreut und bestärkte sie. Gleichwohl ärgerte es ihn, dass er nicht selbst auf diese Idee gekommen war.

Am nächsten Nachmittag ging Stefan Möbius zu seiner Tochter. Sie saß gerade am Küchentisch und erledigte ihre Hausaufgaben. Er schaute sie nachdenklich an und sagte: »Ich finde es unfair gegenüber Leo, dass Gunnar sich so für Sarah interessiert. So verhält sich kein Freund.«

Conny nickte. »Leo sollte diese sogenannte Freundschaft beenden.«

»Du kannst Gunnar nicht leiden, stimmt's?«

»Weiß nicht. Die verbringen so viel Zeit miteinander. Mich schließen sie immer aus. Ich bin für die nur eine dumme Göre.«

»Was können wir denn tun? Ich tue alles, damit es dir besser geht. Notfalls bringe ich die beiden auch auseinander.«

»Papa, wollen wir das gemeinsam machen?« Sie strahlte, fasziniert von dem Gedanken, lief um den Tisch herum und umarmte ihn.

Ohne auf ihre Frage einzugehen, sagte er: »Weiterbringen würde uns doch, wenn Leo die beiden bei einem Treffen erwischte.«

Sie überlegte einen Moment. »Papa, was für eine großartige Idee. Und ich habe dazu gleich den passenden Plan.«

»Ich lasse mich überraschen«, sagte Möbius, stand auf und ging zurück in den Salon.

Am Abend fragte Conny ihren Bruder ernst, warum es ihm denn nichts ausmache, dass Sarah sich mit Gunnar verabrede.

»Woher willst du wissen, dass sie das tun?«

»Ich habe dir schon gesagt, dass ich das zufällig gehört habe. Ich weiß sogar, wann und wo sie sich das nächste Mal treffen.«

Nun reagierte Leo wie elektrisiert. »Sag es mir!«

»Ich sage es dir nur, wenn du mich mitnimmst.«

Er starrte sie an. »Einverstanden.«

»Fein«, sagte sie zufrieden, »wir fahren morgen Nachmittag nach Merseburg, ich zeige dir, wo sie sich treffen. Dann wirst du mit eigenen Augen sehen, was dein Freund für ein Scheißkerl ist.«

Aufgehalten durch Aufgaben zu Hause erreichte Gunnar die Eisenbahnbrücke einige Minuten nach der vereinbarten Zeit. Es regnete leicht. Sarah stand unter einem Regenschirm. Sie ging rasch ihm entgegen. »Du bist viel zu spät.«

Gunnar sah keine Notwendigkeit, sich zu entschuldigen.

»Schöne Begrüßung.«

»Entschuldige! Ich will nur gerade heute meine Mutter nicht warten lassen.«

»Ich dachte, wir reden noch ein bisschen?«

»Du wolltest mir das Textbuch verkaufen. An mehr dachte ich nicht.«

Gunnar sagte unbeholfen: »Ich schon.«

Er stellte sich zu ihr unter ihren Schirm, den sie zwischen Kinn und Schlüsselbein klemmte, um die Hände freizubekommen. Der Schirm kippte leicht, sodass beide dahinter verschwanden.

»Das sind wirklich alle Texte. Wie viel willst du dafür haben?«

Gunnar fand es plötzlich unpassend, für das Buch Geld zu verlangen. »Du kannst es so haben. Ich schenke es dir.«

Hocherfreut bedankte sie sich mit einer überschwänglichen Umarmung. »Tut mir leid, ich muss jetzt gehen«, sagte sie dann. »Wir sehen uns.«

Unweit, hinter einer Mauerecke, hatten Conny und Leo das Geschehen verfolgen können. Sie hatten kein Wort verstanden.

»Hier um die Zeit, unter dem Schirm versteckt, in inniger Umarmung: Das sieht für mich schon ziemlich eindeutig aus«, sagte Conny triumphierend.

Leo empfand es als Katastrophe.

April – Juni 1973

Schöner hatte Leo ins Restaurant im Interhotel Halle bestellt. Er sollte fünfzehn Minuten vor dem Gespräch da sein; Schöner wollte ihn zunächst aus der Distanz beobachten.

Leo erschien pünktlich. Der Kellner geleitete ihn zum reservierten Tisch. Er bestellte eine Klub-Cola, zündete sich eine Zigarette an und sah sich beklommen um. Ein schlechtes Gewissen stellte sich ein. Ihm war von Anfang an klar gewesen, dass er mit der Kontaktaufnahme zur Stasi seinen Freund verraten würde. Wiederholt redete er sich ein, dass Gunnar ihn ja verraten, ihm die Freundin ausgespannt hatte.

Schöner erschien. Leo spürte sofort, dass es der hochgewachsene selbstsichere Mann sein musste, der ihn im Näherkommen fixierte.

»Leo?« Schöner fragte nur, um zu sehen, wie sein Gegenüber reagierte.

»Ja, das bin ich.« Leo stand so schnell auf, dass sein Stuhl fast umfiel. »Sind Sie Herr Schöner?«

»He, nicht so stürmisch, junger Mann. Setz dich, wir essen jetzt und unterhalten uns dabei in aller Ruhe.« Schöner sah den unsicher wirkenden Jungen gutmütig an. Er rief den Kellner, der dienstbeflissen heraneilte. »Bringen Sie uns die Karte!«

Es klang wie ein Befehl. Leo und der Kellner zuckten zusammen. Ein paar Sekunden später reichte der Mann ihnen zwei Speisekarten.

»Was magst du am liebsten?« Schöners Stimme klang jetzt nach väterlicher Fürsorglichkeit. »Such dir aus, was du möchtest. Heute können wir uns alles erlauben.«

Leo zögerte. »Eigentlich Wiener Schnitzel.«

»Schau mal in die Karte. Hier gibt es Spezialitäten, die du vielleicht noch nie gegessen hast.«

Leo gelang es vor Aufregung nicht, auch nur eine Zeile aufzunehmen. »Wiener Schnitzel«, wiederholte er zaghaft.

Schöner rief den Kellner heran und bestellte. Als sie zu essen begannen, fing Schöner an: »Weißt du, Leo, mir ist zufällig zu Ohren gekommen, dass dich dein Freund Gunnar hintergangen hat. Einem die Freundin ausspannen, das ist unter Freunden das Schlimmste, was man tun kann, nicht wahr?«

»Ja, das ist absolut Scheiße.«

»Du sagst es. Ich hörte, dass er auch andere Freunde hintergangen hat. Er ist unzuverlässig. Woran das liegt, ist mir schleierhaft. Hat vielleicht mit seiner Familie zu tun. Was meinst du?«

»Die sind zu mir immer nett gewesen.«

»Manche spielen die Freundlichen, um bestimmte Ziele zu erreichen. Da muss man gut aufpassen und wir wollen bei Gunnar mal genauer hinsehen. Ich würde mich freuen, wenn du mir bei dieser heiklen Aufgabe helfen könntest. Dein Schaden soll es nicht sein. Ich kann dich bei vielen Dingen im Alltag unterstützen.«

Leo wusste, dass er in einer Falle saß. In einem Anflug von Zorn hatte er sich bereit erklärt, mit der Stasi zu kooperieren. Jetzt kam er aus der Sache nicht mehr heraus. Wie meist, tat er sich schwer mit einer eigenen Meinung. Ein paar Tage, nachdem Conny die beiden beim Schulessen belauscht hatte, sagte Sarah ihm deutlich, dass sie nicht seine Freundin werden wolle.

Möglicherweise hielt Gunnar die Beziehung geheim, wie im Oktober die mit Gabi.

Überrascht von der in ihm aufkommenden Entschlossenheit, sagte er: »Herr Schöner, ich helfe Ihnen. Ich weiß von einer Sache, die Sie interessieren wird.«

Schöner tat erstaunt: »Ich bin gespannt.«

»Gunnar versucht, mich zur Republikflucht mit ihm zu überreden.«

Sofort war ihm klar, dass er diesen Satz nicht mehr aus der Welt schaffen konnte.

Schöner war nun wirklich überrascht. Er hatte irgendwelche Nebensächlichkeiten erwartet, nicht das. Erneut wunderte er sich über Gunnar. »Hat er einen Plan?«

»Hat er.«

Leo begann detailliert zu berichten, was sie in den Schulferien vorhatten.

Während der Fahrt zum Büro überlegte Schöner, wie er Leos Steilvorlage am besten nutzen könnte. Er brach in Gelächter aus. Gunnar bei der Republikflucht auf frischer Tat zu ertappen, an der tschechisch-österreichischen Grenze: das wäre fantastisch. Ihm fiel ein tschechischer Kollege ein, den er in Brno bei einem internationalen Lehrgang kennengelernt hatte. Der hatte erzählt, er käme aus einem Ort an der österreichischen Grenze. Lukov oder so ähnlich, mit einem großflächigen Naturschutzgebiet und ausgedehnten Wäldern zur Grenze hin. Man müsste es so deicheln, dass Leo Gunnar dazu bringen würde, genau dort den Grenzübertritt zu versuchen. Die tschechischen Grenzpolizisten könnte man informieren und müsste die beiden Jungen bis dahin beobachten, möglichst noch nachhelfen, dass sie die Grenze problemlos erreichten. Leo müsste unterwegs mit Schöner in Kontakt bleiben und Gunnar zur Mitnahme von belastendem Kartenmaterial bewegen. Dann wären die Beweise erdrückend. Wenn Gunnar sich dann noch weigerte zu unterzeichnen, bliebe für ihn nur der Jugendwerkhof.

In seinem Büro begann Schöner mit den Vorbereitungen. Platzek würde er den Auftrag erteilen, mit Leo alles zu planen.

Vier Wochen vor den Abschlussprüfungen überraschte die Direktorin Ernst die zehnte Klasse mit einer ihrer Ankündigungen: Jeder, der vor einem Jahr nicht an der vormilitärischen Ausbildung der Gesellschaft für Sport und Technik, GST, teilgenommen habe, müsse dies nun mit der jetzigen neunten Klasse nachholen. Das betraf nur einen Schüler, nämlich Gunnar. Sofort begann er darüber nachzudenken, wie er das vermeiden könne. Er wusste, dass eine Weigerung zu Bestrafungen führen würde. Eine pfiffige Ausrede müsste her.

In der Pause rief Leo ihm im Kreise einiger Schulkameraden begeistert zu: »Nächste Woche fahren wir ins GST-Lager.«

»So eine Scheiße!«

Leo lachte schadenfroh. »Hat dir nichts genutzt, dich in der Neunten zu drücken.«

Gunnar zwang sich zur Ruhe. »Das wird mich nicht umbringen. Ich hätte nur gern in der Zeit für die Prüfungen gelernt.«

Gunnars Reaktion nahm Leo die Schadenfreude. »Du bist eben ein Streber. Aber die militärische Ausbildung ist auch wichtig.«

Gunnar sah ihn verständnislos an. »Hast du jetzt dein Herz für die Armee entdeckt? Oder wie meinst du das?«

»Ich meine, was ich sage.«

»Dann bist du ja hier richtig.« Gunnar verstand nicht, warum Leo sich so seltsam verhielt.

Beim Abendessen informierte Gunnar seine Eltern über die Einberufung. Martha war entsetzt, vor allem über den Zeitpunkt. »So kurz vor den Prüfungen! Gibt es denn keine Möglichkeit, das zu verschieben?«

»Nein, Mutti, keine Chance. Ich könnte mich weigern und offen sagen, was ich davon halte. Doch das wäre wie ein Bekenntnis gegen den Staat. Das bringt nur noch mehr Ärger.«

»Wir sollten uns nicht alles gefallen lassen«, sagte Oscar.

»Vati, so was hat eine andere Dimension. Wenn wir uns direkt politisch äußern, machen die uns richtig fertig.«

Gunnar dachte an seinen Fluchtplan.

»Im Moment lassen die mich einigermaßen in Ruhe. Wecken wir sie lieber nicht.«

Martha mischte sich ein: »Oscar, Gunnar hat recht. Am Ende schieben sie Gunnar noch Fahnenflucht in die Schuhe. Wir haben genug Probleme.«

Einen Moment herrschte Schweigen. Gunnar überlegte. »An der Übung will ich jedenfalls nicht teilnehmen. Ich könnte krank werden, kurz vor dem Abreisetag. Sie würden einen Arzt schicken, der mich untersucht. Ich muss mir was Plausibles ausdenken. Etwas, das nicht so leicht zu diagnostizieren ist. Habt ihr nicht eine Idee? In eurem Alter habt ihr doch Erfahrungen mit Krankheiten.«

Beide Eltern nahmen die freche Bemerkung mit einem Schmunzeln auf.

Dann sagte Oscar: »Ein Hexenschuss wäre nicht schlecht. Hatte ich doch, vor zwei Jahren. Du kannst dich nicht bewegen, und die Rückenschmerzen sind furchtbar.«

»Hört sich gut an«, sagte Gunnar. »Kann ein Arzt herausfinden, ob ich das nur vortäusche?«

»Ich kenne das auch«, sagte Martha. Dann beschrieben Gunnars Eltern gemeinsam, wo was wie wehtat und was ein Arzt eventuell fragte und testete.

Am Abend vor der Abreise ins GST-Lager wurde Gunnar bei der Arbeit auf dem Hof von einem schrecklichen Hexenschuss heimgesucht. Er schrie laut nach seiner Mutter, die sich gerade mit zwei Nachbarinnen vor der Hoftür unterhielt.

»Da ist etwas passiert«, rief sie aufgeregt. »Kommt schnell, vielleicht brauche ich euch.«

Die Nachbarinnen, ohnehin neugierig, eilten mit Martha zu Gunnar. Er stand rechtwinklig über eine Karre Mist gebeugt. Als er die Frauen sah, schrie er: »Mutti, mein Rücken, ich kann mich nicht bewegen!«

Martha erschien hilflos. »Nicht bewegen, wir helfen dir. Frau Roger, was kann er bloß haben?«

Die Angesprochene brauchte nicht lange zu über-legen. »Er hat mit Sicherheit einen Hexenschuss. Wir müssen ihn vorsichtig ins Bett bringen. Er muss sich entspannen. Gunnar, wir führen dich ins Haus, ganz langsam, so gebeugt, nicht aufrichten.«

Flankiert von seiner Mutter und Frau Roger, mit der anderen Nachbarin dahinter, setzte er einen Fuß vor den anderen. Die Treppe nach oben erklomm Gunnar auf allen vieren. Oben sagte Martha, dass er nicht mit den schmutzigen Gummistiefeln ins Bett könne. Gunnar streckte jeweils ein Bein nach hinten. Sie zog ihm Stiefel und Hose aus, dann auch Jacke und Hemd. Gebeugt erreichte er sein Zimmer. Er setzte sich aufs Bett, sank zur Seite, legte sich sehr langsam hin. Die Frauen bedauerten ihn. Oscar erschien im Zimmer, fragte, was los sei, und blaffte Gunnar an: »Stell dich nicht so an!«

Sofort schoben ihn die Frauen aus dem Raum. Er könne so nicht mit dem Kranken reden, und Oscar solle lieber einen Arzt rufen.

Oscar tat einsichtig. »In Ordnung, ich gehe zu Ernst und telefoniere von dort.«

Er traf die Familie beim Abendessen an, erklärte ausführlich die Situation und bat, einen Arzt in der Poliklinik benachrichtigen zu dürfen. Frau Ernst hörte misstrauisch den Bericht. Sie witterte die Lüge. Dann sagte sie drohend: »Herr Mechlenburg, finden Sie es nicht ungewöhnlich, dass Gunnar ausgerechnet einen Tag vor der Abfahrt ins GST-Lager einen Hexenschuss bekommt?«

Oscar blickte nachdenklich und enttäuscht. »Frau

Ernst, ich kann mir denken, was Sie meinen. Sie tun dem Jungen unrecht. Er leidet. Vielleicht kann ein Arzt das Problem bis morgen beheben. Außerdem, Sie kennen Gunnar, er ist pflichtbewusst. Er fehlte während seiner Schulzeit fast nie, beteiligte sich an nahezu allen Veranstaltungen, ist Mitglied von FDJ, GST und DSF. Warum unterstellen Sie ihm Böses?«

»Wir prüfen das«, erwiderte sie kalt. Dann ging sie in ein Nebenzimmer und rief einen Dr. König an. Sie bat ihn, schnellstens zu kommen. Es handele sich um die Überführung eines Simulanten.

Wieder bei Oscar, sagte sie: »Der Amtsarzt Dr. König kommt gleich. Er wird herausfinden, was dem Jungen fehlt.«

Eine Stunde später fuhr ein Auto durch das geöffnete Hoftor. Frau Ernst und ein Mann mit Koffer, offensichtlich Dr. König, stiegen aus. Martha bat sie ins Haus. Nach einer knappen Begrüßung blieb Oscar bei Frau Ernst, während Martha mit Dr. König nach oben ging.

Der Arzt stellte seine Tasche ab und setzte sich zu Gunnar auf die Bettkante.

»So, du hast also einen so schlimmen Hexenschuss, dass du morgen nicht ins GST-Lager fahren kannst?« Ohne eine Antwort abzuwarten, fuhr er fort: »Bevor ich dir eine Spritze gebe, die dich wieder in Form bringt, wollen wir doch mal sehen, ob du simulierst.«

Er stand auf, fasste Gunnars Arm und versuchte ihn mit einem Ruck hochzuziehen. Gunnar ließ sich jedoch zu keinen geschmeidigen Bewegungen hinreißen. Durch den heftigen Zug rutschte er halb aus dem Bett und schlug mit dem Kopf gegen seinen Nachttisch. Die Folge war eine Wunde an der Augenbraue, die sofort zu bluten begann. Gleichzeitig brüllte er vor Schmerz, schrie Unverständliches.

Martha begann sofort nach ihrem Mann zu rufen. «Oscar, er misshandelt unser Kind. Gunnar blutet schon.»

Dann griff sie Dr. König an, der völlig überrascht versuchte, sie zurückzuhalten. Oscar stürmte nach oben. Er erreichte das Zimmer in dem Moment, als Dr. König seine Frau gegen den Schrank drückte, um sich von ihr zu befreien. Oscar versetzte dem Arzt einen Stoß, der daraufhin Martha losließ und auf Gunnar ins Bett stürzte. Der brüllte noch lauter.

Dann erreichte auch Anni Ernst das Zimmer. Dr. König versuchte aus dem Bett zu kommen, bis er von Oscar gepackt und aus dem Zimmer bugsiert wurde. Martha fuhr die Direktorin an: »Frau Ernst, haben Sie Ihre Prüfung so geplant? Indem Sie uns diesen Kerl ins Haus schicken? Das halbe Zimmer ist blutig. Ich fordere Sie auf, unser Haus verlassen! Und nehmen Sie ja Ihren Herrn Doktor mit!«

Unfähig zu widersprechen, eilte Anni Ernst die Treppe hinunter und verließ das Haus, um zu Dr. König ins Auto zu steigen.

Draußen im Wagen begann der Arzt zu drohen, er werde das zur Anzeige bringen. Ein solcher Simulant, eine so aggressive Familie. Das sei ihm noch nie passiert.

Anni sah ihn gereizt an. »Was hast du denn mit

ihm gemacht?«

Er berichtete über sein Vorgehen.

»Ich habe dich gerufen, um den Simulanten zu überführen, nicht ihm zu attestieren, dass er wirklich einen Hexenschuss hat«, keifte Anni. »Wenn das bekannt wird, lacht das ganze Dorf über uns.«

»Im Krankenhaus könnten wir ihn überführen.«

»Blödsinn. Dann sagt er einfach, es sei besser geworden. Und dann die Kopfverletzung. Man würde sich im Dorf mit Ihnen solidarisieren. Ich sage dir, was ich tue. Ich gehe jetzt da rein und sage, dass du festgestellt hast, Gunnar habe einen Hexenschuss. Er darf zu Hause bleiben. Im Gegenzug schweigen sie über die Angelegenheit. Und du fährst jetzt.«

Sie stieg aus dem Auto. Während Dr. König wegfuhr, klopfte sie bei den Mechlenburgs.

Martha ahnte es sofort. »Die Ernst ist an der Haustür. Sie will bestimmt, dass wir den Mund halten.«

Oscar war entspannt. »Gunnar, du stöhnst weiter. Ich lasse sie rein. Mal hören, was sie so sagt.«

Anni Ernst bat förmlich, eintreten zu dürfen, sie wolle gern die Situation besprechen. Oscar ließ sie herein.

»Herr Mechlenburg, das war leider sehr unschön.«

»›Unschön‹ ist gut«, unterbrach Oscar sie, »dieser Kerl hat unseren Sohn misshandelt. Wie hätten Sie wohl reagiert?«

»Vermutlich ähnlich. Aber wir sollten die Angelegenheit diskret behandeln. Ich würde mich dafür einsetzen, dass Gunnar nicht ins GST-Lager muss.«

Oscar wurde laut. »Mein Sohn ist krank, nun sogar verletzt. Er wird nicht teilnehmen.«

»Ich könnte einen anderen Arzt holen.«

»Noch so einen? Nein, danke.«

»Ich sehe ein, dass Gunnar krank ist«, lenkte sie ein.

»Wir haben uns verstanden. Kein Wort bitte über den heutigen Abend.«

Oscar hatte Hoftor und Hoftür verschlossen. Er holte Verbandszeug aus der Küche, zusätzlich eine Flasche Rotkäppchen und drei Gläser. Martha saß bei dem blutenden Gunnar am Bett, die Tasche des Arztes stand noch auf dem Fußboden.

»Ja, meine Herrschaften«, sagte Oscar feierlich und schenkte ein, »wir haben allen Grund, hier keinen Amtsarzt mehr einzulassen.«

Gunnar setzte sich aufrecht hin. »Mal abgesehen davon, dass ich morgen nicht ins Lager muss: das eben war doch geradezu filmreif.«

Zu Hause unterrichtete Anni ihrem Mann von den Geschehnissen. Nach einem kurzen Lachanfall wurde Ernst die Situation klar. Am nächsten Morgen würde Oscar mit einem breiten Grinsen zur Arbeit kommen. Er würde nichts sagen, nur grinsen. Umso mehr ärgerte er sich über Dr. König. Anni dachte schon an die nächste unangenehme Situation: Sie musste Schöner informieren. Denn sie selber hatte ihm die Schikane mit der Wehrübung vorgeschlagen.

Am Telefon gab sich Schöner gelassen, während er ärgerlich den Kopf schüttelte. »Frau Ernst, sichern Sie sich beim nächsten Mal besser ab. Mit Ihrer Entscheidung bin ich einverstanden. Guten Abend.«

Sie ging ins Wohnzimmer, holte eine Flasche Korn aus dem Schrank und trank, entgegen ihrer Gewohnheit, gleich zwei Doppelte hintereinander. Zu ihrem Mann sagte sie: »Dann nehme ich mir Gunnar eben bei den mündlichen Prüfungen vor.«

Gunnar dachte an die vergangenen Monate zurück. Seit seinem sechzehnten Geburtstag durfte er abends ausgehen. Er nutzte das sehr oft. An den Wochenenden machten seine Eltern auch keine Schwierigkeiten. Allerdings meinte seine Mutter, er vernachlässige die Schule. Er bestritt das, wusste aber, dass sie recht hatte. Dennoch schaffte er es, seine schulischen Leistungen konstant gut zu halten. In seinen Lieblingsfächern Geschichte, Chemie und Geografie reichte es, im Unterricht aufzupassen. Mathematik und Physik verunsicherten ihn. Er zweifelte aber nicht daran, dass er sämtliche Prüfungen bestehen würde.

Bei den schriftlichen Prüfungen erreichte Gunnar gute Ergebnisse. Dennoch erschien ihm die Bewertung hart, teilweise sogar ungerecht. In Mathematik, Geschichte und Staatsbürgerkunde stand er zwischen Zwei und Drei, was ihn in die mündlichen Prüfungen zwang. Er wurde den Verdacht nicht los, dass Anni Ernst dahintersteckte. Er dachte, er würde allenfalls in Mathematik Probleme bekommen. Aber da er die Direktorin in dem Fach für unfähig hielt, bereitete er sich nicht weiter vor. Die anderen beiden Fächer unterrichtete sie selbst. In Geschichte hatte sie vor allem die Novemberrevolution in Deutschland intensiv behandelt. Er beschloss, das Risiko einzugehen und sich nur darauf gezielt vorzubereiten. In Staatsbürgerkunde vertraute er darauf, dass man wesentlich allgemeiner antworten konnte.

An der Matheprüfung nahm die Direktorin nicht teil. Die angepeilte Zwei war kein Problem. In Staatsbürgerkunde fragte sie zwar viel, jedoch konnte Gunnar mit langen Ausführungen Zeit gewinnen, sodass die Prüfung einer Schulkameradin verschoben werden musste. In Geschichte wählte sie tatsächlich die Novemberrevolution zum Thema. Gunnar beantwortete jede Frage und erwartete eine Eins. Sie setzte aber gegen den gesamten Prüfungsausschuss, der für eine Eins plädierte, eine Zwei durch. Davon geht die Welt nicht unter, dachte Gunnar. Bald würde er flüchten, mit einem akzeptablen Abschlusszeugnis.

Leo verließ die Schule in Richtung Parkplatz. Das Wetter war schön. Er wollte so schnell wie möglich Gunnar und die anderen am Badesee treffen, als ihn jemand ansprach.

»Du bist Leo Möbius, nicht wahr?«

Leo musterte den Fremden. »Bin ich. Und wer sind Sie?«

»Das sage ich dir gleich. Zuerst einmal beste Grüße von Major Schöner. Ich habe etwas mit dir zu besprechen. Wir treffen uns auf der Saale-Insel. Ich fahre mit dem Wagen vor, du folgst mit deinem Motorrad. Verstanden?«

Leo hatte damit gerechnet, dass der Major sich melden werde. Hilflos entgegnete er: »In Ordnung.

Ich folge.«

Nach fünfzehn Minuten erreichten sie den Parkplatz. Leo stieg in den Wagen. »Mein Name ist Platzek. Im Auftrag von Major Schöner werden wir uns deine Angaben zur geplanten Flucht von Gunnar Mechlenburg näher ansehen.«

Leo hatte keine Lust. »Bei dem schönen Wetter?«

»Hör zu! Ich bin über alles informiert, was du dem Major erzählt hast. Wir legen jetzt fest, welche Route ihr nehmen werdet und wo genau ihr die österreichische Grenze erreicht.« Er holte einen Plan aus seiner Aktentasche, den er sorgfältig auffaltete. Eine rote Linie war eingezeichnet, von Wallendorf über Leipzig, Riesa, Dresden, Pirna, Schmilka in die ČSSR. Von dort weiter in Richtung Prag, und dann zum Naturschutzgebiet bei Lukov. »Davon musst du deinen Freund überzeugen. Sag ihm, du hättest eine ganze Nacht gebraucht, um das auszuarbeiten.«

»Das glaubt der mir nicht. Der weiß, dass meine Kenntnisse in Geografie ziemlich dürftig sind.«

»Kein Problem. Ich habe noch eine zweite Karte, blanko sozusagen. In die zeichnest du den gleichen Weg etwas unbeholfen ein, mit ein paar Sackgassen oder Korrekturen. Das macht die Sache glaubwürdig. Auch wenn er einige Änderungen vornimmt, macht das nichts. Du wirst mich dann darüber informieren, verstanden?«

Leo versprach es, dachte allerdings schon mehr an den Badesee.

Zu Hause tat Leo, was Platzek ihm aufgetragen hatte. Es sah sehr unbeholfen aus. Eigentlich interessierte er sich gar nicht für Geografie. Gunnar hingegen fand sich nahezu überall schnell zurecht.

Leos Plan erstaunte Gunnar umso mehr. »Da hast du gut vorgearbeitet. Ich wollte die Karte eigentlich möglichst spät besorgen, um nicht bei einer zufälligen Kontrolle unangenehme Fragen zu provozieren.«

Leo erklärte die Route und kam schnell auf das Wesentliche. »An dieser Stelle, nahe der Stadt Lukov und der tschechisch-österreichischen Grenze, gibt es viel Wald. Da gehen wir rüber. Ich habe mir noch überlegt, dass wir an unseren Rädern eine kleine ČSSR-Fahne anbringen. So hält man uns vielleicht eher für Einheimische.«

»Nicht schlecht«, sagte Gunnar spöttisch. »Nach welchen Kriterien hast du die Strecke ausgesucht?«

Leo zögerte. »Eigentlich nach Gefühl. Ich kenne die Gegend ja nicht.«

Gunnar verfolgte die rote Linie. Er wollte sich die relevanten Ortsnamen einprägen. Das sind rund dreihundert Kilometer, schätzte er, und dass sie das in zwei bis drei Tagen bewältigen könnten. »Leo, ich kenne die Gegend auch nicht. Wir nehmen deine Strecke.«

Leo war erleichtert. Er hatte befürchtet, Gunnar würde ihn mit vielen Fragen in die Bredouille bringen. »Danke. Eigentlich bist du ja fürs Routenplanen besser geeignet.«

Gunnar winkte ab. »Einen guten Plan akzeptiere ich gern. Wir müssen aber die Karte verstecken. Wenn die jemand findet, sind wir dran.«

»Euer Hof ist riesig. Da gibt's doch sicher ein gutes Versteck.«

»Stimmt. Ich finde eins.«

Leo faltete die Karte zusammen. »Aber verstecke sie so, dass du sie wiederfindest. Am dritten Juli brauchen wir sie.«

Beide lachten.

Einen Tag später wusste Platzek, dass seine Route akzeptiert war. Er informierte Schöner, der Kontakt zu seinem tschechischen Kollegen aufnahm. Platzek erhielt den Auftrag, die beiden Jungen bis zur Grenze zu observieren. Dort würden die tschechischen Kollegen übernehmen. Schöner war zufrieden. Er freute sich darauf, Gunnar Mechlenburg bald als Grenzverletzer zu überführen und ihn damit in der Hand zu haben.

Gunnar stand mit Leo unweit des Salons Möbius. Sie sahen, wie Anni Ernst in Begleitung einer zweiten Frau den Salon verließ.

»Die Ernst geht ja in eurem Salon ein und aus. Und sie schleppt noch Leute aus Merseburg an. Das ganze Dorf redet davon.«

»Weiß nicht, ich kümmere mich nicht darum.«

»Du hast mir doch erzählt, dass ihr immer gemeinsam zu Abend esst. Sagt dein Vater nichts zu neuen Kundinnen, besonders, wenn sie aus Merseburg anreisen?«

»Nein, das behält er für sich.« Leo fühlte sich ertappt, schwieg und zog intensiv an seiner Zigarette. Dann wechselte er das Thema: »Wie geht es deiner Mutter eigentlich?«

Gunnar ließ sich nicht beirren. »Komisch, im Dorf wird darüber gerätselt, wieso irgendwelche Bekannte von Frau Ernst in den Salon kommen, und das ist nie ein Thema bei euch?« Er taxierte Leo aufmerksam.

»Nöö, jedenfalls nicht, wenn ich dabei bin.«

Gunnar sagte nichts mehr. Seine Gedanken kreisten. Der Verdacht, dass Leo ihn anlog, tauchte auf. War ihm zu trauen? Hatte er geplaudert? Aber warum sollte er? Wollte er gar nicht fliehen? Letzte Zweifel bleiben zwar, dachte er, aber ich werde das Wagnis eingehen und mit ihm bis zur tschechischen Grenze fahren. Bis dahin ist es ungefährlich. Ich kann Leo beobachten und an der Grenze über das Weitere entscheiden. Wenn etwas schiefgeht, wird sicher das Haus durchsucht. Ich muss also alle Westreklame, Zeitungen und verdächtigen Briefe vernichten. Wenn uns die Polizei stoppt, behaupte ich, wir wollten nur eine Radtour machen. Wenn Leo etwas anderes sagen sollte, würde ich es abstreiten. Ja, der Plan ist machbar.

»Ich muss jetzt nach Hause«, sagte er. »Wir sehen uns morgen.«

Letzter Schultag. Klassenlehrer Tonning verteilte Zeugnisse und Ratschläge für die Zukunft. Gunnar betrachtete zufrieden seine Zensuren. Seine Mutter würde sich freuen. Einsen in Chemie und Geografie, in allen anderen Fächern hatte er Zweien.

An der Bushaltestelle vor der Schule kamen die Absolventen nochmals zusammen. Einige warfen die Taschen in die Luft und riefen euphorisch: »Für immer und ewig aus der verdammten Schule raus!« Gunnar schwieg. Er war gern zur Schule gegangen.

Er traf auf seine Cousine Elisabeth und fragte sie interessiert: »Na, wie ist dein Zeugnis?«

»Sechs Einsen, der Rest Zweien. Und ich freue mich, dass ich noch heute mit meinen Eltern für zwei Wochen nach Bad Schandau fahre.«

»Ich habe nur zwei Einsen.«

»Gunnar, das liegt daran, dass du ein Faulpelz bist.«

Gunnar fiel ein, dass sie schon vor einiger Zeit von ihren Urlaubsplänen erzählt hatte. Bad Schandau? Eine Idee blitzte in ihm auf.

Spontan sagte er: »Weißt du, Leo und ich machen eine Radtour in die Sächsische Schweiz. Wir wollen uns die Festung Königstein ansehen, die Bastei und die Städte in der Gegend. Wir könnten euch besuchen. Wo werdet ihr wohnen?«

»Im Bad Schandauer Hof. Es wäre eine tolle Abwechslung, wenn ihr uns besucht, denn manchmal ist es mit meinen Eltern stinklangweilig.«

»Dann wünsche ich dir eine gute Reise. Vielleicht tauchen wir ganz überraschend auf.«

Martha hatte für Gunnar Erdbeertorte gebacken. Nun saß sie an der reich gedeckten Kaffeetafel und wartete auf ihn.

Nach einer fröhlichen Begrüßung präsentierte er überschwänglich sein Abschlusszeugnis. Sie freute sich über die Zweien, obwohl sie auf mehr Einsen gehofft hatte.

Ausführlich schilderte Gunnar den letzten Schultag und dass er sich freue, nun ein anderes Leben zu be-

ginnen. Plötzlich kam ihm die Doppeldeutigkeit dieser Formulierung in den Sinn.

»Am Montag geht die Radtour los. Leo hat viel
vorbereitet.«

»Warum nehmt ihr nicht die Motorräder?«

»Mit dem Rad sieht man mehr und kann sich unterhalten. Für die Strecke zu Leos Verwandten brauchen wir rund fünf Stunden, kein Problem.“

»Und was macht ihr dann da?«

Gunnar wich der Frage aus. Er scheute sich, zu
lügen.

»Mal sehen. Wir waren ja schon mal dort und kennen einige Leute. Ich habe übrigens vorhin Elisabeth
gesprochen. Sie fährt mit ihren Eltern in die Sächsische Schweiz. Ich hätte jetzt mehr Lust, dorthin zu
fahren und nicht nach Thüringen.«

»Das kommt aber reichlich spät. Und wo wolltet
ihr dort wohnen?«

»Das ist das Problem. Es gibt keine Quartiere. Ein
Zelt können wir wohl auch nicht so schnell besorgen.«

Gunnar sagt, er müsse los, um Leo zu treffen. Es fiel
ihm schwer, sich länger mit seiner Mutter zu unterhalten, ihr in die Augen zu sehen. Noch eine Nacht, und
er wäre fort, für immer. Das Gespräch ließ ihn auch
deshalb nicht los, weil er sich gewaltig ärgerte, erst jetzt
an ein Zelt gedacht zu haben. Eine Radtour mit dem
Zelt nach Bad Schandau. Das wäre ein noch besserer
Plan. Dann wüssten die Eltern Bescheid, sollte man sie
in dieser Gegend aufgreifen und Fragen stellen. Und
mit dem Zelt wäre eben auch das Übernachten kein
Problem.

Juli – September 1973

Leo erschien am dritten Juli pünktlich um sechs Uhr auf dem Hof. Er kam mit einem fröhlichen »Guten Morgen!« in die Küche. Gunnar saß mit seiner Mutter beim Frühstück. Sie hielt gerade einen Vortrag über die Gefahren, denen Radfahrer auf Landstraßen ausgesetzt seien. Sie bezog Leo sofort in ihre Predigt ein und sparte nicht mit Ermahnungen und Ratschlägen: vorsichtig zu fahren, unterwegs genug zu trinken, nach Ankunft bei Leos Verwandten sofort eine Postkarte zu schicken, sich zu vertragen, nichts anzustellen. Beide versicherten, die Ratschläge zu beherzigen, drängten aber auf Abfahrt. Martha wünschte ihnen einen schönen Urlaub und begleitete sie zur Hoftür. Gunnar wollte sich verabschieden, aber er war unfähig zu sprechen.

Ein paar Minuten später starteten sie. Gunnar dachte an die Formulierung ›Neue Welt‹.

»Gunnar, hast du die Landkarten dabei?«

»Klar, ich habe alles.«

»Sicher? Zeig mal.«

»Die sind unten drin in der Tasche. Die brauchen wir frühestens hinter Dresden. Ich packe sie jetzt nicht aus!« Er wunderte sich über Leos Frage. Doch der schien beruhigt.

Ihr Etappenziel für den Tag war Dresden. Sie erreichten Leipzig nach einer Stunde. Absolut sicher, dass sie auf der Hauptstraße durch die Stadt kämen, hatten sie auf einen Stadtplan verzichtet und verfuhren sich prompt. Gunnar, der sonst nie Orientierungsprobleme hatte, ärgerte sich. In einer Buchhandlung kauften sie einen Stadtplan, der ihnen weiterhalf. Dennoch hatten sie fast neunzig Minuten Zeitverlust.

Platzek hatte sich auf eine unkomplizierte Beschattung eingestellt. Die Vereinbarung mit Leo sah vor, die Durchgangsstraßen zu benutzen. Umso mehr überraschte es ihn, dass die sich beiden durch Seitenstraßen bewegten, oft die Richtung änderten, teils sogar zurück nach Merseburg zu wollen schienen. An ein Scheitern des Plans, also dass Leo Gunnar eingeweiht hatte und sie ihn abschütteln wollten, glaubte Platzek nicht. Er beschloss, abzuwarten und sich auch weiterhin im Hintergrund zu halten. Als sie endlich die Fernstraße 6 nach Dresden erreichten, notierte er zufrieden den Fortgang.

Am Abend hatten Gunnar und Leo Dresden hinter sich gelassen. In der Dämmerung, gegen zehn Uhr, hielten sie in einem Waldstück oberhalb von Pirna. Im Tal sahen sie die Lichter der Stadt. Gern wären sie hinuntergefahren, um in einem Gasthaus zu übernachten, wagten es aber nicht. An einem Bach richteten sie sich für die Nacht ein. Decken und warme Kleidung hatten sie nicht im Gepäck. Sie froren, doch die Erschöpfung nach der ungewohnt langen Fahrradtour ließ beide sofort einschlafen.

Gunnar erwachte gegen vier Uhr morgens. Während Leo weiterschlief, wusch er sich das Gesicht im Bach. Dann sah er von der Anhöhe auf Pirna herab. Es dämmerte. Unten bewegten sich nur wenige Fahrzeuge. Als er zurückkam, war Leo aufgewacht. Er hockte verschlafen und missgelaunt auf dem Waldboden.

»Wo warst du?«

»Ich habe mir den Weg angesehen. Wir müssen durch die Stadt, sonst verlieren wir zu viel Zeit. Wir sollten aber noch eine Stunde warten, bis mehr Menschen unterwegs sind, sonst fallen wir auf.«

Leo blickte auf seine Uhr. »Oh, Mann! Noch über eine Stunde hier rumhängen! Ich habe Hunger.«

Um die Zeit zu überbrücken, schlug Gunnar vor, auf die Anhöhe zu gehen, um die Lage zu peilen.

»Nein, wenn du das schon ausgekundschaftet hast, ist das in Ordnung. Ich bleibe hier.« Mit eiserner Miene fing Leo an, in seinem Rucksack zu wühlen. Er nahm eine Zahnbürste heraus und ging zum Bach.

Gunnar beobachtete ihn. Wenn der schon am ersten Morgen schlecht gelaunt ist, dachte er, dann wird das Ganze noch anstrengend.

Kurz vor sechs Uhr fuhren sie durch Pirna in Richtung Königstein. Auch Gunnar bekam Hunger. In Königstein fanden sie an einem kleinen Platz eine Bäckerei, stellten die Räder ab und kauften Streuselkuchen. Vor dem Geschäft ließ sich Leo wortlos auf der Bordsteinkante nieder und aß.

»Leo, wir können uns hier nicht hinsetzen, wir fallen auf! Lass uns besser sofort weiterfahren. Den Kuchen essen wir unterwegs im Wald.«

Gunnar hatte ein ungutes Gefühl, wollte aus dem Ort heraus, die DDR endlich verlassen. Leo sagte trocken: »Was soll schon passieren, um die Uhrzeit?«

Ein gelblicher Trabbi bog um die Hausecke. Er fuhr erst vorbei, bremste dann und setzte zurück. Ein Polizist sprang heraus und kam eilig auf die beiden zu.

»Was macht ihr hier?« Dann, ohne eine Antwort

abzuwarten: »Personalausweise vorzeigen!«

Gunnar, noch mit Kuchen im Mund, sagte: »Wir machen eine Radtour durch das Elbsandsteingebirge. Wir verbringen hier eine Woche unserer Ferien. Leider nur eine Woche. Es ist schön hier.«

Der Polizist studierte akribisch ihre Ausweise und stellte fortwährend Fragen. »Mechlenburg, Möbius? Eine Radtour? Wo ist euer Gepäck? Wo übernachtet ihr? Welche Unterkünfte habt ihr reserviert?«

»Wir suchen uns Privatunterkünfte, je nachdem, wo wir am Abend eintreffen.«

»Privatunterkünfte, das stinkt doch zum Himmel. Welches war denn die letzte Unterkunft?«

Gunnar antwortete: »Wir haben gestern nichts gefunden und im Wald geschlafen. Das war ein Abenteuer, wenn auch ein bisschen unbequem. Heute Abend finden wir sicher etwas in Bad Schandau.«

»In Bad Schandau! Ich werde euch jetzt zeigen, wo ihr die nächste Nacht verbringt. Ihr kommt mit zur Polizeiwache. Dort werden wir euch mal durchleuchten. Die Fahrräder schließt ihr hier an. Um die kümmern wir uns später.«

Platzek fand keine Erklärung über den Verbleib der beiden. Ihren Übernachtungsplatz hatte er ausfindig machen können, aber in Königstein hatte er sie verloren, als sie regelwidrig entgegen der vorgeschriebenen Fahrtrichtung in eine Einbahnstraße gefahren waren. Nach der Fahrerei in Leipzig war er nun sicher, dass die beiden keinen Stadtplan lesen konnten. Er malte sich das Durcheinander in der ČSSR aus. Hoffentlich gelang es den tschechischen Kollegen, dranzubleiben. Er beschloss, am Ortsausgang von Königstein zu warten.

Sie quetschten sich auf den Rücksitz des Trabants. Vorn links saß ein Fahrer, rechts der Polizist. Nur langsam setzte sich das Fahrzeug in Bewegung. Während der Fahrt redete niemand. Sie betraten die Polizeiwache durch eine schwere Metalltür. Enge Treppen, kahle Flure. Ein Büro mit dem Schild ›Vernehmung 1‹. Der Polizist rief laut einen Kollegen. »Dachs, kommen Sie mal! Ich habe hier zwei Jugendliche aufgegriffen. Die sind zu überprüfen. – So, ihr zwei. Damit ihr wisst, wer euch aufgegriffen hat: Mein Name ist Hauptwachmeister Meier. Ihr werdet mich mit ›Genosse Meier‹ ansprechen, verstanden?«

»Jawohl, Genosse Meier.« Ihre Bestätigung kam dermaßen synchron, als hätten sie es tagelang einstudiert. Sie konnten ein Lachen kaum unterdrücken.

Der Polizist fühlte sich veralbert. »Das Lachen wird euch noch vergehen. Hinsetzen! Dachs, Sie nehmen die Personalien auf und protokollieren. Hosentaschen ausleeren!«

Sie legten Schlüssel, Taschenmesser, Portemonnaies, Taschentücher auf den Tisch. Dachs holte zwei Pappkartons, beschriftete sie und fegte die Sachen jeweils mit einer Handbewegung hinein. Dann leerte er Gunnars Reisetasche, Meier kontrollierte wieder akribisch. Seine Aufmerksamkeit fiel auf einen Zettel mit einer Adresse in Bad Schandau.

Gott sei Dank, dachte Gunnar, die Karte mit der eingezeichneten Route ist vernichtet, und diese Adresse wird unsere Erzählung glaubwürdig machen. Er sah Leo an. Der schien erstaunt, dass nichts gefunden wurde.

Gunnar zeigte auf den Zettel. »Das ist die Adresse der Pension, in der meine Cousine mit ihrer Familie Urlaub macht. Wir wollten sie besuchen.«

Er sah zu Leo hinüber, der ihn überrascht anstarrte. »Möbius, stimmt das?«, fragte Meier.

Einen Moment herrschte absolute Stille. Dann sagte Leo: »Klar, das stimmt.«

Gunnar war erleichtert und zweifelte dennoch. Vielleicht brachte es Leo nur nicht fertig, dem Polizisten in seinem Beisein zu sagen, dass sie fliehen wollten.

Meier ließ sich mürrisch auf seinen Schreibtischstuhl fallen. »Von vorn! Ihr seid also aus Wallendorf, Kreis Merseburg. Eure Namen!«

Sie beteten ihre Personaldaten herunter, die ihrer Eltern, Geschwister, Berufe, Wohnorte. Dachs tippte alles mit seinem Einfingersuchsystem auf einer uralten Schreibmaschine. Es dauerte endlos lange. Die beiden Polizisten ließen sich Zeit. Meier forderte die Jungen auf, gemeinsam zu berichten, wie der Urlaub im Detail geplant sei. Gunnar dachte daran, dass sie nicht abgestimmt hatten, was sie im Falle einer Überprüfung erzählen würden. Er fing sofort an zu reden, dass sie die Sächsische Schweiz kennenlernen wollten, ihre Eltern ahnungslos seien, weil es ein Abenteuer sein sollte, und dass sie in einer Woche wieder zu Hause sein wollten. Gunnar ließ Leo nicht zu Wort kommen. Erst nach dem Bericht sagte Leo, dass er das alles bestätigen

174

könne. Gunnar wurde dann erst klar, dass Meier sie bei einer getrennten Befragung vermutlich rasch hätte überführen können.

Meier herrschte die beiden an: »Ich gebe euch zwei Stunden Zeit, darüber nachzudenken, ob ihr bei eurer Lüge bleiben wollt. Dachs, bringen Sie Mechlenburg in Zelle zwei, den Möbius in die vier.«

Im Keller gab es mehrere Zellen. Ob sich Häftlinge darin befanden, vermochte Gunnar nicht festzustellen. Hinter ihm schlug Dachs die Tür zu, schob rasselnd einen Riegel vor. Dann herrschte Stille.

Gunnar sah sich um. Der Raum, etwa drei Meter lang und zweieinhalb Meter breit, war für einen Keller sehr hoch. Die verschmutzte Scheibe des vergitterten Kellerfensters verhinderte einen Ausblick. Das an die Wand geklappte Brett war mit einem Vorhängeschloss gesichert. Daneben standen ein Tisch und ein Stuhl und ein Toilettenbecken aus gelblichem, rissigem Porzellan. Gunnar setzte sich auf den Stuhl. So ein Mist, dachte er, erwischt! Gleich am zweiten Tag. Warum nur habe ich mich zu dem dämlichen Frühstück vor der Bäckerei überreden lassen?

Zwei Stunden später öffnete Meier persönlich die Tür. »Aufstehen!«

Gunnar erhob sich.

»So, raus mit der Sprache! Dein Freund hat uns soeben eine andere Version eurer Geschichte erzählt. Nun will ich noch einmal deine hören.«

Gunnar zuckte mit den Achseln. »Ich habe die Wahrheit gesagt. Etwas anderes kann ich nicht erzählen.«

»Du lügst! Deine Eltern sind inzwischen in Merseburg befragt worden. Die sagten, dass du bei Verwandten von Möbius in Thüringen seist! Warum wissen die nichts von deinem Urlaub hier? Wolltest du in den Westen abhauen?«

»Wie kommen Sie darauf? Erstens ist hier keine Westgrenze. Zweitens wollten wir in der schönen Sächsischen Schweiz nur einen Teil unserer Ferien verbringen. Dass unsere Eltern davon nichts wussten, haben wir auch gesagt. Ich wiederhole das gern noch mal, wenn ich nicht korrekt verstanden wurde.«

Die Unverschämtheit versetzte Meier derart in Rage, dass er die Beherrschung verlor. Er stürmte zu seinem Gefangenen, packte ihn unter dem Kinn am Hemd und schleuderte ihn gegen die Wand. Er ließ dabei nicht los, sondern drückte Gunnar nach oben, sodass dessen Füße den Bodenkontakt verloren.

Wütend brüllte der Polizist ihn an: »Wenn du hier frech wirst und rumschwindelst, dann haue ich dich gleich in die Pfanne. Verstanden!«

Gunnar bekam kaum noch Luft. »Aber ich schwindele nicht. Es ist so, wie wir es berichtet haben«, stammelte er.

Meier ließ ihn los.

»Raus hier, nach oben in den Verhörraum, zweite Tür links!« Er schlug hart Gunnars Schulter, sodass der beinahe stürzte.

Im Verhörraum wurde Meier fast freundlich. »Du setzt dich jetzt an den Tisch und schreibst deine Geschichte genau auf.«

Er nahm Gunnar gegenüber Platz und behielt ihn

im Auge. Sobald Gunnar aufschaute, schnauzte er ihn an: »Weiterschreiben!«

Gunnar schrieb in der ihm möglichen Ausführlichkeit auf, was er zuvor erzählt hatte. Nach einer Stunde fiel ihm nichts mehr ein. Verstohlen sah er auf seine Uhr. Es war inzwischen vier Uhr nachmittags. Meier überflog den Text, faltete das Blatt zusammen, dann verließ er den Raum. Ein anderer Polizist brachte Gunnar wortlos in die Zelle zurück.

Gunnar fragte sich, was Leo wohl erzählt hatte. Sein Gefühl sagte ihm, dass sie aus der Sache herauskämen, wenn sie zusammenhielten. Eine Verhaftung in Grenznähe wäre sicher weit unangenehmer gewesen. Wieder dachte er an Leos wiederholte Frage nach den Karten. Leo, sein bester Freund, war wie er, ein Träumer. Sie wuchsen in Wallendorf auf, lernten sich bei der Einschulung kennen und waren während der gesamten Schulzeit beste Freunde. Sie besuchten in den ersten Schuljahren dieselbe Klasse, bis Leo wegen mangelhafter Leistungen die sechste Klasse wiederholen musste. Dicke Freunde blieben sie trotzdem, und er hatte ihm bis vor Kurzem immer vertraut. Gunnar schwankte zwischen der Angst, im Gefängnis bleiben zu müssen, und der Hoffnung, glücklich aus der Sache rauszukommen.

Am Vormittag des vierten Julis fuhren zwei mit je vier Personen besetzte Lada sowie ein Kleinbus der Marke Barkas zum Gehöft der Mechlenburgs. Weil das Tor offen stand, hielten sie erst auf dem Hof. Die Männer sprangen aus den Fahrzeugen. Mehrere drangen sofort in das Gebäude ein, einer schloss das Hoftor.

Martha, die noch immer mit ihrer Krankheit zu kämpfen hatte, lag auf dem Sofa und ruhte sich aus, als ein Mann hereinstürmte und rief: »Staatssicherheit! Sind Sie Martha Mechlenburg? Aufstehen, das ist eine Hausdurchsuchung. Befinden sich andere Personen im Haus?«

Martha war nicht in der Lage zu antworten.

»Wer ist noch im Haus? Wo befindet sich Gunnar Mechlenburg? Antworten Sie!«

»Was wollen Sie von meinem Sohn?«

»Das tut nichts zur Sache. Sagen Sie mir, wo er sich aufhält!«

»Er macht eine Woche Urlaub mit seinem Freund Leo bei dessen Verwandten in Thüringen.«

»Sie lügen! Wir haben Informationen, dass Gunnar Mechlenburg Republikflucht begehen will. Und wir wissen, dass Sie darüber Bescheid wissen. Sie haben es mit ihm geplant! Raus mit der Sprache, wo soll der illegale Grenzübertritt stattfinden?«

Martha fühlte, wie ihre Beine nachgaben. Sie musste sich setzen. Die Überraschung, die Anschuldigungen, das Geschrei und die Angst um ihren Sohn trieben ihr die Tränen in die Augen.

»Davon weiß ich nichts. Mein Sohn würde das nie tun.«

»Wir wissen genau, was er vorhat. Also noch mal von vorn.«

Sie schwieg demonstrativ.

»Sie wollen nicht? Gut. Dann nehmen wir Sie zur

Vernehmung mit nach Merseburg.«

Allmählich nahm Martha die vielen Männer wahr. Schubladen wurden aufgerissen, Schränke durchwühlt, Kartons hereingebracht, um Verdächtiges abzutransportieren.

Sie ging, begleitet von einem Mann, zur Hoftür hinaus. Dort forderte man sie auf, sich in ein Auto zu setzten.

Ein dritter Lada traf ein. Der Posten vor der Hoftür öffnete dienstbeflissen die hintere Tür.

Major Schöner stieg gelassen und siegessicher aus. Er betrat den Hof. Ganz schön groß, der Laden, dachte er. Im Wohnzimmer präsentierte ein Mitarbeiter Zigaretten, Deo-Spray, Kaffee und andere Dinge aus Westdeutschland. Schöner erkannte sofort, dass das nichts war, was er für seine Zwecke nutzen könnte. Zeitungen und anderes Propagandamaterial wurden nicht gefunden.

»Welches ist das Zimmer von Gunnar Mechlenburg?«, fragte er einen Kollegen.

»Oben rechts, gleich neben der Treppe, Genosse Major.«

Schöner stieg hinauf. Mit seinen einssechsundachtzig berührte sein Kopf fast die niedrige Decke des Flurs. Sämtliche Zimmertüren standen offen. Die Polizisten suchten verbissen nach Verdächtigem. Schöner schätzte Gunnars Zimmer auf neun Quadratmeter. Es gab ein Bett, einen Schrank, einen Nachttisch und einen Bücherschrank, keinen Stuhl, keinen Tisch. Wegen der Durchsuchung lagen Bücher, Schulsachen und Kleidungsstücke auf Fußboden und Bett verstreut.

Über dem Kopfende des Bettes hing eine antike Uhr, am Fußende ein Regal, ein Metallrahmen mit Brettern. Schöner studierte die Titel der Bücher. Abenteuerromane, vor allem Reiseberichte, alles in der DDR erhältlich. Dann fiel ihm ein Bildband über Amrum in die Hände. Schwarzweißfotos von Dünen, Meer, von Heide und Wiesen, von Inseldörfern. Schöner faszinierte die Landschaft. Er liebte die Küste. Diese hier würde er leider nie sehen.

Er wurde informiert, dass viele Briefe und Fotos gefunden wurden, sonst aber nichts von Interesse. Schöner sagte nur, er wolle sofort angerufen werden, falls etwas wirklich Verwertbares gefunden würde. Dann verließ er das Gehöft und fuhr zurück nach Halle.

Am nächsten Morgen wurde Gunnar von dem kreischenden Zurückschieben des Zellenriegels geweckt. Ein Polizist trat die Zelle. »Aufstehen! Du hast eine Minute, um dich zu waschen.«

Gunnar drehte sich zum Waschbecken. Es gab weder Seife noch Zahnbürste. Er spritzte sich Wasser ins Gesicht und trat auf den Gang. Der Polizist dirigierte ihn mit kurzen Kommandos die Treppe hinauf zum Verhörzimmer. Dort musste er lange stehend warten. Meier erschien, nahm hinter dem Schreibtisch Platz.

»Setzen! Dein Kumpel Leo hat gestanden. Ihr wolltet in den Westen flüchten.«

Gunnar starrte ihn fassungslos an. »So ein Quatsch.«

Meier schlug mit der flachen Hand auf den Tisch und brüllte: »Schnauze halten! Du sprichst nur, wenn ich dich dazu auffordere!«

Gunnar fragte sich, was Leo wirklich erzählt haben mochte. Zu Hause hatte Gunnar vorsorglich alle Zeitschriften, Reklamen und dergleichen aus dem Westen vernichtet. Wahrscheinlich wollte Meier ihn nur austricksen.

Der fuhr gelassen fort: »Ich habe die Genossen von der Staatssicherheit informiert. Die werden sich um dich kümmern. Die haben andere Möglichkeiten, dich zum Reden zu bringen.«

Gunnar schwieg. Er wollte keinen weiteren Schreianfall bei Meier provozieren. Der hat keinen Beweis, redete er sich ein. Gunnar bat, auf die Toilette gehen zu dürfen. Meier lehnte brüsk ab. Er könne gehen, wenn die Wahrheit auf dem Tisch liege. Ein anderer Polizist trat in den Raum. Er flüsterte Meier etwas zu, der sich erhob und mit ihm den Raum verließ.

Nach einiger Zeit öffnete sich die Tür erneut. Platzek trat ein. Er setzte sich, nahm aus seiner Aktentasche Schreibblock und Bleistift, legte beides auf den Tisch und begann das Verhör.

»Wir wissen alles. Leo hat es uns erzählt. Du brauchst es nur zu bestätigen.« Ruhig und verständnisvoll sah er Gunnar in die Augen.

»Ich weiß nicht, was ich bestätigen soll. Ich weiß auch nicht, was Leo erzählt hat. Worum geht es überhaupt?«

»Du weißt es. Dein Kumpel hat uns schon vor Tagen gebeichtet, dass du in die BRD fliehen wolltest. Und du hast ihn angestiftet, sich an der Flucht zu beteiligen.«

»Ich weiß nicht, wieso Leo das über mich verbreitet.«

»Dann denk mal nach«, sagte Platzek, ihn nicht aus den Augen lassend.

»Keine Ahnung. Wir sind Freunde und gemeinsam auf einer Fahrradtour in der Sächsische Schweiz unterwegs. Hätten wir Streit, würden wir das nicht tun.«

Platzek blieb gelassen. Er sagte, er habe genug Zeit und begann immer die gleichen Fragen zu stellen. Stundenlang. Gunnar durfte einmal zur Toilette, und das nur, weil er drohte, er werde in die Hose pinkeln. Gegen Mitternacht brachte ein Polizist Gunnar in seine Zelle zurück. Man hatte ihm den Tag über weder zu essen noch zu trinken gegeben. Er trank an dem Wasserhahn über dem Waschbecken. Das Bett konnte er nicht herunterklappen, denn es war mit einem Vorhängeschloss gesichert. Er setzte sich auf den Boden, lehnte sich gegen die Wand und wollte gerade einschlafen, als erneut die Zelle aufgeschlossen wurde. Das nächste Verhör dauerte wiederum mehrere Stunden. Er gestand nichts. Dann brachte man ihn in seine Zelle zurück. Das Bett war heruntergelassen, er konnte schlafen.

Platzek hatte lautstark mit Meier gestritten. Meier betonte, lediglich zwei Herumtreiber aufgegriffen zu haben, dem Anschein nach berechtigt. Als Leo erzählte, dass er im Auftrag Schöners Gunnar begleitete, hatte Meier, wie er betonte, pflichtgemäß sofort Schöner in Halle informiert.

Auch die Durchsuchung von Gunnars Gepäck brachte nicht das erhoffte Ergebnis. Der Plan mit der

Fluchtroute war nicht auffindbar. Er hatte zudem die Urlaubsadresse von Verwandten in Bad Schandau angegeben, die er besuchen wollte. Platzek war persönlich dorthin gefahren und hatte sie befragt. Sie bestätigten, Gunnar habe angekündigt, sie während seiner Radtour durch die Sächsische Schweiz besuchen zu wollen.

Platzek rief Schöner an, um zu berichten. Schöner schrie »Scheiße!« in den Hörer, beruhigte sich aber schnell.

»Passen Sie auf, Platzek. Sie und dieser Meier verhören die beiden noch zwei Tage in Königstein, dann bringen Sie sie nach Merseburg.«

Nach zwei Tagen Verhör konnten weder Meier noch Platzek Erfolge melden. Gunnar blieb bei seiner Geschichte. Leo beteuerte, sich an Platzeks Plan gehalten und nichts an Gunnar verraten zu haben. Platzek nahm ihm übel, dass er nicht sichergestellt hatte, dass sich die Karte mit der Fluchtroute in Gunnars Tasche befand.

Die endlosen Verhöre, kaum zu essen, Schlafmangel und die Angst vor dem, was kommen könnte, überforderten Gunnar. Leos Rolle blieb ihm unklar. Dennoch erfüllte ihn seine Standhaftigkeit mit Stolz.

Am Morgen des dritten Tages wurde er erneut in das Verhörzimmer geführt. Dort stand Platzek, in einem Protokoll lesend. »Auf dem Tisch liegen deine Sachen. Nimm sie und warte auf dem Flur. Wir fahren in zehn Minuten nach Merseburg.«

Der Zug erreichte Merseburg kurz nach Mittag. Wie angekündigt warteten am Bahnsteig mehrere uniformierte Polizisten sowie ein Mann in Zivil, der das Kommando führte. Kaum ausgestiegen, umstellten die Polizisten Gunnar und Leo, als bestünde Fluchtgefahr. Die Begleiter salutierten. Der Zivilist quittierte die Übergabe. Andere Reisende blieben neugierig stehen. Sobald Polizisten sie ansahen, senkten sie aber die Blicke und gingen weiter. Zwei Polizisten führten Gunnar ab, während Leo zurückblieb. Gunnar hatte nicht mit ihm sprechen dürfen. Vor einem Seiteneingang des Bahnhofs musste Gunnar in einen grünen Barkas mit Milchglasscheiben steigen. Eingequetscht zwischen den Polizisten, konnte er sich kaum bewegen. Er konnte nicht erkennen, wohin sie fuhren. Nach langer Zeit hielt das Auto, Befehle wurden gerufen. Gunnar wurde anderen Polizisten übergeben, die ihn durch eine enge Tür in ein Gebäude führten.

»Wo bin ich?«

Er erhielt keine Antwort. Dann erst wurde ihm klar, dass es sich um ein Gefängnis handelte. Er musste sich ausziehen und sämtliche Gegenstände abliefern. Nach einer intensiven Leibesvisitation durfte er seine Sachen wieder anziehen. Die stoischen Blicke und die Gleichgültigkeit seiner Bewacher ließen ihn schaudern. Er wurde in eine Zelle geführt, mit zwei hochgeklappten Betten an den Wänden.

Am nächsten Morgen holten ihn zwei Wärter aus der Zelle. Sie führten ihn in einen Verhörraum. Schreibtisch mit Lampe, zwei Stühle.

»Stehenbleiben!«, sagte einer der Wärter und schloss die Tür hinter sich. Beklommen sah Gunnar sich um. Die Wände bis in Schulterhöhe mit grauer Ölfarbe gestrichen. Stirnseitig ein vergittertes Fenster. Steinfußboden. Er lehnte sich an den Türpfosten. Er hatte kein Gefühl für die Zeit. Die Uhr hatte er nicht behalten dürfen. Seine Kleidung roch muffig, der Raum stank nach Desinfektionsmitteln. Gunnar versuchte sich zu konzentrieren. Bald würde das Verhör beginnen, endlose Fangfragen. Die Tür wurde aufgerissen. Ein Mann in Zivil, einen Schnellhefter unter dem Arm, betrat den Raum und nahm am Schreibtisch Platz.

»Setz dich.« Eine dunkle Stimme, gelassen und verständnisvoll. Der Mann blätterte in seinem Hefter, als suche er etwas. »Ich bin Leutnant Meier«, sagte er, während er, den Kopf gesenkt, in seinen Aufzeichnungen wühlte.

Schon wieder ein Meier, dachte Gunnar. Er hatte den brutalen Kerl aus Königstein vor Augen, ermahnte sich aber, den zweiten Meier nicht zu unterschätzten. Diese ruhigen Typen sind die Gefährlicheren, dachte er. Gunnar merkte, dass Meier ihn musterte. Es schien ihm, als sähe dieser ihn wohlwollend an. Gunnar senkte den Blick.

»Sieh mich an, Mechlenburg.« Meier legte ein silbernes Zigarettenetui auf den Tisch, klappte es auf, nahm sich eine Zigarette und steckte sie sich zwischen die Lippen. Er fingerte ein Benzinfeuerzeug aus seiner Tasche, schlug den Deckel zurück, drehte mit dem Daumen am Rad. Eine lange Flamme erschien, die er gemächlich zur Zigarette führte. Er nahm einen kräften Zug, ließ den Deckel zuschnappen und lehnte sich entspannt zurück, Gunnar nicht aus den Augen lassend.

»Sag mir, warum du hier bist.«

»Jemand hat der Polizei gesagt, ich wolle in den Westen fliehen.«

»*Ich wolle in den Westen fliehen*«, ahmte Meier ihn nach. »Hast du Germanistik studiert, oder warum redest du so geschwollen? Und wer hat das gesagt?«

Schon hatte sich der verständnisvolle Klang der Stimme in einen scharfen Verhörton verwandelt. Wie Gunnar erwartet hatte, begann eine zermürbende Befragung. Nach zwei Stunden schickte Meier ihn zurück in seine Zelle, wo er vier weitere Tage allein blieb.

Martha und Oscar saßen niedergeschlagen auf der Bank im Hof. Mit geschlossenen Augen lehnte sie an seiner Schulter. Sie hatte versucht, zu Leo Kontakt aufzunehmen, von dem sie wusste, dass er nicht im Gefängnis saß. Stefan Möbius jedoch verbot jeden Kontakt. Auch von der Hausdurchsuchung waren Gunnars Eltern noch geschockt. Kartonweise waren Briefe und Fotos beschlagnahmt worden. Dann das Verhör in der Polizeidienststelle in Merseburg, mit langem Warten, vielen Fragen und Unverschämtheiten. Sie forderte die Briefe zurück. Wenn die unbedenklich seien, werde man sie zurückgeben, gab man als Antwort. Martha war verwundert, dass nicht Verdächtiges gefunden worden war, hatte Gunnar doch Westzeitschriften, Bücher, Werbeartikel, Poster und die Korrespondenz mit seinem Vetter Christian in seinem Zimmer aufbewahrt.

»Gunnar hat wohl alles gut versteckt oder vernichtet.«

»Dafür gibt es eigentlich nur eine Erklärung«, erwiderte Oscar. »Ich frage mich nur, warum Gunnar im Gefängnis sitzt und Leo nicht.«

»Die Frage wird auch im Dorf gestellt«, sagte Martha. »Bis gestern allerdings ohne klare Antwort. Nun hat jemand Frau Ernst und ihre Merseburger Freundinnen ins Spiel gebracht.«

»Sie versteht sich ja mit dem Friseur sehr gut.«

Martha drehte sich zu Oscar. »Es muss ein Fluchtversuch gewesen sein. Leo wird vielleicht nur wegen der guten Beziehungen seines Vaters zu Ernst nicht eingesperrt. Gab es bei Möbius eine Hausdurchsuchung?«

»Es gab keine«, bestätigte Oscar knapp. »Machen die nicht bei den eigenen Leuten.«

Martha schaute Oscar erstaunt an. »Stefan?«

»Wer denn sonst? Die Ernst sitzt doch immer in seinem Damensalon, und er weiß bestens darüber Bescheid, was im Dorf passiert. Leo ist übrigens zu seinen Verwandten nach Thüringen gefahren. Ich habe das im Konsum gehört.«

Martha seufzte. »Morgen Vormittag gehe ich wieder zur Polizei. Gunnar ist jetzt schon vier Tage im Gefängnis. Ich lasse mich nicht noch einmal abweisen.«

»Soll ich mitkommen?«

»Nein, ich mache das besser allein.«

Oscar nahm ihre Hand. »Aber mach dir keine Sorgen, Gunnar ist zäh.«

»Ich weiß«, sagte sie. »Wie geht es auf der LPG?«

»Die Kollegen reden natürlich und schauen mich erwartungsvoll an. Ich beteilige mich nicht an ihren Mutmaßungen. Aber eins ist merkwürdig, obwohl Ernst doch an der Quelle sitzt, versuchte er, mich auszufragen.«

»Vielleicht, weil die gegen Gunnar gar nichts in der Hand haben?«

Etwa sechs Uhr morgens. Erneut Verhör. Hinter dem Schreibtisch saß Meier mit Gunnars Akte, in der er konzentriert las. Als Lesehilfe benutzte er ein Holzlineal, das er von Zeile zu Zeile schob. Nach einer Weile blickte er auf, wies Gunnar an, sich zu setzen.

»So, mein Freund, du hattest nun viel Zeit zu überlegen. Pack endlich mal aus.«

»Was soll ich denn sagen?«

»Was ihr so vorhattet.«

Gleich ist es mit der Freundlichkeit wieder vorbei, dachte Gunnar. »Wir wollten eine Woche Urlaub in der Sächsischen Schweiz machen.«

»Leo hat berichtet, dass ihr durch die ČSSR nach Österreich wolltet.«

»Ich weiß nicht, warum er so etwas sagt. Ich jedenfalls hatte das nicht vor, ich wollte in die Sächsische Schweiz. Vor ein paar Jahren war ich mit meinen Eltern dort im Urlaub. Es hat mir so gut gefallen.«

»Aha.« Meier lehnte sich zurück. »Dann erzähl alles noch einmal.«

»Ich habe das schon mehrere Male erzählt. Glauben Sie mir nicht?«

»Oh doch, wir glauben dir. Aber die Geschichte, sie wirkt irgendwie«, er zögerte einen Moment, »unvollständig.«

Gunnar berichtete erneut. Das viele Wiederholen half ihm. Die Geschichte verfestigte sich. Fast war er selbst davon überzeugt, es könne nicht anders gewesen sein. Zwischendurch unterbrach ihn Meier mit der Frage, wo die Karten geblieben seien.

»Ihre Kollegen haben mich schon danach gefragt. Ich habe keine.«

»Leo sagt, er habe den Fluchtweg mit dir bis ins Detail abgestimmt.«

»Ich weiß nicht, warum Leo das sagt.«

»Er hat entschieden, mit uns zusammenzuarbeiten. Deshalb wissen wir alles.«

»Ich sage nur, dass ich solche Absichten nicht hatte.«

Meier drehte sein Lineal in den Händen.

»Bitte fragen Sie meine Cousine.«

»Und gleich schlägst du mir vor, ich solle deine Eltern fragen? Die nicht einmal wussten, wo genau du dich aufhältst?« Meiers Ton verschärfte sich. »Was weißt du über den Ort Lukov?«

»Diesen Ort kenne ich nicht.« Gunnar spürte sein Herzklopfen. Bloß nicht rot werden, dachte er. Meier starrte ihn an. Dann war Gunnar abgelenkt, denn er erinnerte sich, dass Leo den Ort Lukov erwähnt und auf der Karte markiert hatte. Gunnar wurde klar, dass Leo den Plan nach der Festnahme verraten hatte. Oder er hatte von Anfang an mit der Stasi zusammengearbeitet. Meier sagte etwas. Dann holte er kurz aus und schlug mit dem Lineal flach auf den Tisch. Der Knall ließ Gunnar zusammenzucken.

»Ich habe deine Lügen satt!«, schrie er. »Wir bringen dir noch Manieren bei! Verlass dich drauf!«

»Ich habe keine Grenze verletzt«, sagte Gunnar trotzig. Er war im Begriff loszureden, um sich zu verteidigen, aber glücklicherweise schnitt ihm Meier das Wort ab.

»Du redest nur, wenn du gefragt wirst! Wer weiß noch von der Sache? Steckt deine Cousine mit dir unter einer Decke?«

Gunnar beruhigte sich. »Ich habe alles gesagt. Ich weiß nicht, warum ich hier bin. Es muss sich um ein Missverständnis handeln.«

Meier wiederholte lautstark seine Fragen. Gunnar blieb, wenn auch eingeschüchtert, bei seiner Version. Nach zwei Stunden wurde er in seine Zelle geführt. Es vergingen wieder mehrere Tage in der Isolation.

»Gunnar«, sagte Meier nach sechs weiteren Verhören, »wir reden nun schon etliche Tage und bewegen uns kein Stück. Es ist an der Zeit, dir klarzumachen, was dich erwartet, wenn du nicht kooperierst. Du wirst der versuchten Republikflucht verdächtigt. Dein Kumpel hat ein umfassendes Geständnis abgelegt. Er ist raus. Dich behalten wir erst mal hier in unserer Polizeistation, der K1, Halle, Dreyhauptstraße.« Er machte eine Pause. »Gestehst du, hast du gute Chancen, entlassen zu werden. Wenn nicht, werden wir dich in den ›Roten Ochsen‹ überstellen. Kennst du die Einrichtung?«

»Nein.«

»Schade, dann will ich dich mal aufklären. Das ist unser Untersuchungsgefängnis. Wer dort landet, dem ist eine Verurteilung sicher. Die Vernehmungen werden dort noch lange weitergehen. Da du dich weigerst, uns bei der Aufklärung zu unterstützen, kann das fünfzehn bis achtzehn Monate dauern. Wir machen das nicht zum Spaß, sondern recherchieren sehr gründlich, um Fehlurteile zu verhindern.«

Gunnar wurde blass. Bisher kannte er solche Methoden nur vom Hörensagen. Jetzt, wo er selbst hier saß, wurde ihm bewusst, dass das kein Spiel war. »Und dann?«

»Ich sehe: wir verstehen uns. Dich interessiert die Prozedur. Wie geht es weiter? Das hängt natürlich vom Richter ab. Grundsätzlich gibt es zwei Möglichkeiten. Erstens, du landest direkt in einem Jugendwerkhof. Du wirst dich in ein zwar hartes, aber kameradschaftliches Leben einfügen. Du absolvierst unter einem militärischen Vorzeichen eine Lehre. Und wie du es ursprünglich vorhattest, lernst du gleich zweierlei.«

Gunnar war klar, er spielte auf seinen Wunsch an, parallel zur Lehre das Abitur machen, nur meinte er das etwas anders.

»Es kann natürlich auch sein, dass man dir vorher noch eine Gefängnisstrafe aufbrummt. Das bedeutet Sechsmannzelle und tagsüber Arbeit. Und nachts? Na ja. Bei so einem blutjungen, hübschen Burschen gibt's dann wohl leider das eine oder andere Vorkommnis. Wir mögen das nicht, können unsere Augen aber nicht überall haben.«

Gunnars Trotz war verflogen. Sein Magen krampfte sich zusammen.

Meier blieb die Wirkung seiner Worte nicht verborgen, doch er gab sich weiter jovial.

»Wir arbeiten morgen an der Sache weiter. Ich freue mich darauf. Erst einmal gebe ich dir noch mehr Gelegenheit, nachzudenken. Dafür haben wir im Keller eine besondere Zelle, eine Nachdenkzelle sozusagen. Bis morgen.«

Meier betätigte einen Klingelknopf. Ein Polizist erschien und forderte Gunnar auf, mitzukommen. Vor der Tür kam ein zweiter Polizist dazu. Sie führten Gunnar in den Keller. Er wurde in eine Zelle gestoßen, die Tür krachend zugeschlagen, der Riegel vorgeschoben. Er stand in einem absolut dunklen Raum. Schritte entfernten sich. Dann war alles still.

Finster wie im Bärenarsch, dachte er. Apropos, es stank nach Fäkalien. Er versuchte, flach zu atmen. Minutenlang stand er nur da. In einem plötzlichen Drang, etwas zu tun, begann er vorsichtig die Zelle zu ertasten. Er streckte die Arme aus und schlurfte mit kleinen Schritten dorthin, wo er die Tür vermutete. Im Grunde waren es nur zwei Schritte. Langsam drehte er sich und lehnte sich mit dem Rücken an die Tür. Dann tappte er, einen Fuß vor den anderen setzend, den Raum in Längsrichtung ab. Zehnmal Fußlänge, also ungefähr zweieinhalb, maximal drei Meter. Er drehte sich wieder um und tastete mit dem Fuß nach rechts. Er stieß sofort gegen eine Holzkonstruktion. Vermutlich das Bett. Vorsichtig ging er in den Knien, um es zu erfühlen. Es war schätzungsweise eine Handbreit hoch, die Bretter grob gehobelt. Irgendwelche Decken oder Unterlagen gab es nicht. Er krabbelte darauf, um die Breite abzuschätzen. Vielleicht 80 Zentimeter, schätzte er. Dann rutschte er nach links, wo er den Eimer ertastete. Wie zum Teufel, fragte er sich, soll man hier scheißen? Zurück auf dem Bett lehnte er sich gegen die feuchte kühle Wand. Mit der Kälte, die seine dünne Kleidung durchdrang, kehrte die Angst zurück. Das Gedankenkarussell drehte sich. Nur kam jetzt etwas dazu, was er nie in Erwägung gezogen hatte: eingesperrt zu werden, jahrelang. Die Kälte, der Gestank, die ständig um sich selbst kreisenden Gedanken, die Angst vor jahrelangem Knast, vor Vergewaltigung. Das war ihm vorher nie in den Sinn gekommen.

Metallisches Kreischen weckte ihn aus seinem Halbschlaf. Er kannte das Geräusch des Türriegels aus Königstein. Trübes Licht fiel herein. Polizisten forderten ihn auf, mitzukommen. Meier saß wieder Papiere studierend am Schreibtisch. Er rümpfte die Nase und herrschte den Polizisten an:

»Der stinkt wie ein Schwein. Ich will den Kerl so nicht in meinem Verhörzimmer haben.« Dann zu Gunnar gewandt: »Wir führen dich der Reinigung zu. Du siehst, man verwahrlost rasant, wenn man sich gegen die Gesellschaft stellt. Die Zelle war doch ein wunderbarer Vorgeschmack, nicht wahr? Du kannst die Seele baumeln lassen, zu dir kommen. Ein Tag darin ist ein Spaß. Einige Wochen entwickeln sich zur bleibenden Erinnerung. Wir sehen uns.«

Ein Polizist führte ihn in einen Duschraum. Gunnar streifte seine Kleidung ab. Die erste Dusche nach nunmehr zwei Wochen. Das Wasser war eiskalt, aber er genoss es. Zwar hatte er keine sauberen Sachen, doch fühlte er sich besser.

Man führte ihn nicht zurück in das Verhörzimmer, sondern in die normale Zelle. Dort saß jetzt ein weiterer Häftling am Tisch, der sich als ›Max‹ vorstellte. Gunnar nannte seinen Namen. Er ging zum Fenster, in der Hoffnung auf ein paar Sonnenstrahlen. Der andere Häftling beobachtete ihn.

»Dir haben sie wohl ordentlich zugesetzt?«

Gunnar sagte nichts. Vor Müdigkeit war er zu keiner Unterhaltung imstande. Er setzte sich auf den Boden, lehnte sich gegen eines der hochgeklappten Betten, kreuzte die Arme auf den Knien und legte den Kopf darauf. Als der Wärter am Abend das Bett herunterklappte, legte Gunnar sich hin und schlief sofort ein.

Am nächsten Tag machte der andere Versuche, ihn in ein Gespräch zu verwickeln. Gunnar sprach kein Wort.

Zwei Tagen später wurde Gunnars Mithäftling aus der Zelle geholt. Er wirkte auf Gunnar eingeschüchtert, als er zurückkam. Gunnar ignorierte es erst. Er hatte sich vorgenommen, nichts zu fragen, um einem Gespräch auszuweichen. Max ging es offenbar schlecht. Er witzelte nicht mehr, schien aber unbedingt seine Geschichte erzählen zu wollen. Er hatte, wie er sagte, mit Freunden in Tschechien gegen Holzeinschlag in einem Naturschutzgebiet protestiert. Alle seien verhaftet und in die DDR zurückgebracht worden. Gunnar hatte sich über Umweltschutz noch nie Gedanken gemacht.

»Weißt du, wie viele Tonnen Gift auf die Felder

gesprüht werden? Man bekommt hier bei uns kaum noch Luft, vor lauter Abgasen. Du weißt doch, dass der Schnee im Winter schon nach Stunden mit einem Grauschleier überzogen ist.«

Gunnar nickte. »Und wie kommt man darauf, in Tschechien gegen Holzfällerei zu demonstrieren? Das würde mir nie einfallen.«

»Ich habe dort Freunde. Die haben protestiert, als uralte Eichen gefällt werden sollten, in der Nähe von Lukov. Kennst du den Ort?«

Beinahe hätte Gunnar bejaht. Während Max weiter redete, vermutete Gunnar, er wolle ihn aushorchen, und sagte nur: »Max, mich interessiert der Umweltkram nicht. Du kannst gern demonstrieren, ich bin müde.«

»Das ist wirklich schade«, sagte Max sichtbar enttäuscht.

Die pure Angst vor jahrelanger Qual machte Gunnar sehr zu schaffen. Er zweifelte, angesichts solcher Konsequenzen standhaft bleiben zu können. Ende Juli wurde er erneut in den Verhörraum geführt. Zu seiner Verblüffung saß dort nicht Meier, sondern Major Schöner.

»Wie ich höre, behauptest du, dein Fluchtversuch sei ein einziges Missverständnis.«

»Ich habe gesagt, meine *Verhaftung* sei ein Missverständnis.«

»Gunnar, ich bewundere deine Zähigkeit. Du hast durchgehalten. Das schaffen nicht viele.

Wir wissen beide, dass du mit Leo fliehen wolltest.

Du weißt auch, dass wir dich einsperren könnten. Schließlich haben wir einen Zeugen. Für zwei Jahre Jugendwerkhof reicht das allemal. Ich mache dir einen Vorschlag. Du arbeitest für uns und landest weder im ›Roten Ochsen‹ noch in einem Jugendwerkhof. Außerdem erlauben wir deiner Mutter Westbesuche, sagen wir, einmal im Jahr. Ich mache dir dieses Angebot nur noch dieses eine Mal. Und ich will die Antwort jetzt, in dieser Minute.«

»Geben Sie mir das Papier. Ich unterschreibe.«

Als Gabi im Wohnzimmer Zeitschriften durchblätterte, hörte sie ihren Stiefvater telefonieren. Offenbar hatte er vergessen, die Tür zu seinem Arbeitszimmer zu schließen. Das passierte sonst nur, wenn es sich um Belanglosigkeiten handelte. Sie wurde aufmerksam, als der Name Mechlenburg fiel. Sie schlich zur Tür.

Schöner stand abgewandt mit dem Rücken zu ihr und schien Gabi nicht zu bemerken.

»Genosse, ich sage Ihnen doch, ich habe den Mechlenburg so weit. Nein! Lassen Sie ihn laufen, sagen wir, am nächsten Montag. Wir hatten ihn knapp vier Wochen in der Mangel, das hat gereicht. Den Rest besprechen wir morgen.«

Schöner legte auf. Gabi saß wieder auf dem Sofa, in ihre Zeitschrift vertieft, als er das Wohnzimmer betrat. Sie zwang sich, ruhig zu bleiben.

Gunnars Entlassung aus dem Gefängnis verlief ohne nennenswerte Formalitäten. Am späten Nachmittag erreichte er den elterlichen Hof. Seine Mutter, allein zu Hause und völlig überrumpelt von seinem Erscheinen, strahlte vor Glück. Sie umarmte ihn lange und wollte wissen, wie es ihn gehe. Gunnar sagte nur, alles sei in Ordnung, doch sie fühlte, dass sich ihr Sohn verändert hatte.

»Mutti, lass uns in den Garten gehen.«

Gunnar war nach all der Zeit im Gefängnis von der Luft und dem Grün wie berauscht. Martha hakte sich bei ihm unter, hielt so fest, wie sie konnte.

»Wie geht es dir?«, fragte er, »ich meine, die Narben betreffend.«

»Gut«, sagte sie und wusste nicht, ob sie das auch so meinte. »Ich habe Angst, dass sie dir etwas angetan haben.«

»Haben sie nicht. Eine längere Haft würde ich aber nicht aushalten. Ich bin froh, da raus zu sein. Mutti, ich werde die DDR sicher irgendwann verlassen. Es wird mir schwerfallen, weil ich dann auch euch verlasse, aber ich will hier nicht leben.«

Wie schon an jenem Tag, als er das erstmals angedeutet hatte, war Martha geschockt und zugleich auch nicht überrascht. Sie erinnerte sich, wie er als Kind fröhlich auf Amrum durch die Dünen tollte.

Am nächsten Vormittag klingelte es an der Hoftür. Martha, die noch mit Gunnar am Frühstückstisch saß, wollte hinauseilen. »Ich gehe schon«, sagte Gunnar.

Er öffnete. Gabi lächelte ihn scheu an. Er sah sie nun das erste Mal sommerlich angezogen, ihr Gesicht von der Sonne leicht gebräunt, hellblaue Bluse, kurzer Jeansrock. Ohne zu überlegen, bat er sie ins

Haus. »Meine Mutter freut sich sicher. Wir sind beim Frühstück.«

»Ich wollte vor allem mit dir reden.«

»Wir könnten nachher in den Feldern spazieren gehen. Du hast doch Zeit, oder?«

»Ich habe alle Zeit der Welt.«

Sie wusste sofort, dass dieser Satz ihre Gefühle verriet.

Im Wohnzimmer begrüßte Gabi schüchtern Gunnars Mutter, fragte nach ihrem Befinden, trank einen Kaffee. Dann gingen Gunnar und Gabi schweigend durch Hof und Garten, nahmen dann den Weg hinaus zu den ausgedehnten Weizenfeldern hinter dem Dorf. Der Himmel war wolkenlos, die Sonne blendete. Hoch in der Luft zwitscherten Lerchen.

Gabi blieb stehen.

»Es tut mir sehr leid, was passiert ist. Ich möchte, dass du das weißt. Und ich schwöre dir, dass ich nichts mit den Machenschaften meines Stiefvaters zu tun hatte. Ich weiß heute, dass er mich belogen, ausspioniert und benutzt hat. Wenn ich könnte, würde ich sofort ausziehen.« Unsicher schob sie nach: »Wie kann ich dir beweisen, dass ich dich nicht verraten habe?« Sie sah ihm in die Augen.

In ihrem Blick erkannte Gunnar nichts als Aufrichtigkeit, Ehrlichkeit und Hoffnung. Sanft zog er sie an sich.

»Auch mir tut es leid. Ich habe dich verdächtigt, dir misstraut.«

Gabi schmiegte sich an ihn. Sein Geständnis bedeutete ihr viel. Es nahm die Last von ihren Schultern, er mache sie für ihr Debakel verantwortlich. Er küsste sie. Sie fühlten, wie in diesem Augenblick die sorglose Vertrautheit zurückkehrte. Sie hofften, alles werde wieder so leicht wie damals. Sie begann, von den Ereignissen der letzten Monate zu erzählen, fragte dann, wie es ihm ergangen sei.

»Ich weiß, dass mein Stiefvater dich noch mehr unter Druck gesetzt hat.«

»Na ja, der Höhepunkt der Saison waren drei Wochen Untersuchungshaft. Man wollte mir einen Fluchtversuch unterjubeln.«

»Hast du wirklich einen Fluchtversuch unternommen?«

»Nein, offenbar hat sich Leo das ausgedacht, um mich bei der Stasi in ein schlechtes Licht zu rücken.«

Es war heraus, ehe ihm bewusst wurde, dass das Misstrauen ihn wieder überwältigte. Er kämpfte die Scham nieder, sagte sich, er brauche einfach Zeit, ehe er ihr die Wahrheit sagen konnte.

»Ich dachte an ein paar schöne Tage in der Sächsischen Schweiz. Ich hatte mich mit meiner Cousine Elisabeth verabredet. Es war unklug, daheim nichts zu sagen. Als wir dann verhaftet wurden, verhielt Leo sich merkwürdig und erzählte die abstruse Geschichte.«

»Warum hat er das getan?«

»Ich habe gehört, er dachte, ich hätte was mit seiner Freundin Sarah. Wer ihm den Floh ins Ohr gesetzt hat – keine Ahnung. Er tauchte mit Sarah zu meiner Geburtstagsfeier auf. Ich habe sie danach in der Schule gesehen. Mehr war da nicht. Nachdem das Gerücht im Umlauf war, reagierte Leo ungewöhnlich eifersüchtig. Wir haben das Thema dann aber totgeschwiegen.«

Gabi wechselte das Thema: »Wie lebt man in Untersuchungshaft, ist es erträglich?«

»Schöne Zeiten verlebt da keiner. Es war eine muffige Zelle, Gestank, Langeweile. Alle paar Tage gab es mehrere Stunden Verhör. Dann war da ein Mithäftling, von dem ich nicht wusste, ob er ein armes Schwein oder ein Spitzel war. Ich bin heilfroh, da raus zu sein. Vor allem, ich bin nicht jahrelang in so einen Jugendwerkhof wie Ichtershausen eingesperrt. Weißt du was darüber?«

Gabi schüttelte den Kopf.

In der Zwischenzeit hatten sie, in ihr Gespräch vertieft, eine ziemliche Strecke zurückgelegt und sich weit vom Dorf entfernt.

»Was hast du heute noch vor?«, fragte Gunnar.

»Nichts Besonderes. Ich wollte dich sehen. Über das Danach habe ich mir keine Gedanken gemacht.«

»Ist dir jemand gefolgt?«

»Ich glaube nicht. Seit ich weiß, dass ich damals beschattet wurde, habe ich fast Verfolgungswahn. Ich schlage Haken, verlasse spontan die Bahn, verharre in Hauseingängen, um zu sehen, ob mir jemand folgt. Ich bin perfekt geworden im Abschütteln von Verfolgern.«

»Wollen wir den Nachmittag gemeinsam verbringen? Wir könnten baden gehen.«

»Sehr gern. Ich habe einen Bikini drunter.«

»Fein, ich hole eine Decke und Handtücher. Wir fahren mit der Maschine an den Kanal in Richtung Leipzig. Allerdings muss ich auf dem Weg kurz zu meiner zukünftigen Lehrfirma. Ich will versuchen, dort zwei Wochen zu arbeiten, und muss klären, ob das klappt. Es dauert nicht lange.«

»Du bist doch gestern erst aus dem Gefängnis entlassen worden. Wie konntest du das organisieren?«

»Gar nicht. Ich weiß nicht mal, ob denen klar ist, dass ich verhaftet war«, sagte er knapp.

Gunnar erhielt im Betrieb eine Zusage. Dann fuhren sie mit dem Motorrad zum Kanal. Sie schwammen ein Stück, alberten herum, umarmten sich, lagen nebeneinander auf der Decke. Gunnar erzählte Witze. Er schien seinen Humor in der Haft nicht verloren zu haben. Gabi umarmte ihn glücklich. Wie hatte sie das in den vergangenen Monaten vermisst! Sie wollte ihn jetzt. Es war ihr gleichgültig, ob sie jemand beobachtete.

Gegen Abend fuhren sie nach Merseburg, um am Imbiss am Bahnhof etwas zu essen.

»Wolltest du nicht eine Lehre zur OP-Schwester machen?«

»Ja, meine Mutter hatte mir eine Stelle im Krankenhaus beschafft. Man arbeitet zwar in Schichten, aber ich bin sicher, dass es mir Spaß machen wird. Und du?«

»Ich hatte vor, eine Lehre zum Chemiker zu machen und parallel die EOS zu besuchen, um dann Chemie zu studieren. Nach dem Stress mit Schöner, hatten die Leunawerke meine Bewerbung abgelehnt. Nun wird es bloß eine Mechanikerlehre.«

»Was willst du tun?«

»Weiß nicht.« Er wurde schwermütig.

»Willst du nicht darüber reden?«

»Heute nicht, Gabi, ich muss darüber nachdenken. Aber ich werde es mit dir teilen.«

Sie ergriff seine Hand und drückte sie. »Ich liebe dich.« Er küsste sie. »Komm«, flüsterte er, »ich bringe dich heim.«

»Gunnar. Ich möchte gern wieder mit dir gehen.« Sie blieb stehen und sah zu ihm hinauf. »Und ich wünschte, du mit mir.«

»Gabi, ich könnte jetzt Ja sagen, weil ich nie aufgehört habe, dich zu lieben. Aber ich würde dich ein zweites Mal enttäuschen.«

Er zögerte. Mehr aus Mitleid denn aus Vernunft sagte er dann zwei Sätze, die er sofort bereute: »Ich werde versuchen, in den Westen zu gehen. Ich bin entschlossen.«

Er hatte es ausgeplaudert. Verärgert über sich selbst musterte er sie.

Gabi erstarrte für einen Moment. Sie öffnete den Mund, um etwas zu sagen, unterließ es aber. Minutenlang schwieg sie. Dann stellte sie, allen Mut zusammennehmend, ihre Frage: »Nimmst du mich mit?«

Vom Salon Möbius aus wurde verbreitet, Gunnar habe Leo zur Republikflucht verleiten wollen, per Fahrrad durch die Tschechei nach Österreich. Die Geschichte erschien vielen im Dorf unglaubwürdig. Man glaubte eher den Mechlenburgs, die behaupteten, ihr Sohn habe mit Leo eine Woche Urlaub in der Sächsischen Schweiz verbringen wollen. Stefan Möbius kam zu dem Ruf, ein ›IM‹ zu sein. Für die Wallendorfer passten Oscar Mechlenburgs Degradierung durch den LPG-Vorsitzenden und die Ablehnung von Martha Mechlenburgs Reiseantrag ins Bild. Erwin Ernst und Stefan Möbius beklagten sich bei Anni. Sie rief Schöner an und fragte ungehalten, warum Gunnar Mechlenburg nicht weggesperrt sei.

»Frau Ernst, es gibt keinen Beweis dafür, dass er fliehen wollte. Es gibt nur die Aussage von Leo Möbius. Der hat behauptet, er habe Mechlenburg eins auswischen wollen, weil der mit seiner Freundin rumgemacht hätte. Die angebliche Freundin wiederum sagte, das stimme nicht. Auch die Hausdurchsuchung erbrachte keine Hinweise.«

Anni Ernst machte aus ihrer Enttäuschung keinen Hehl. »Wir haben dann sozusagen umsonst gearbeitet.«

Entgegen seiner Art wurde Schöner vertraulich. »Das kann man so nicht sagen. Denn ich habe den Mechlenburg dazu gebracht, die Verpflichtung zum ›IM‹ zu unterschreiben.«

»Wie haben Sie das denn geschafft?«

»Mit der kurzen Haft haben wir ihm gezeigt, wie unangenehm das Leben hier werden kann, wenn man nicht mitspielt. »

»Hervorragender Handel«, sagte sie sarkastisch. »Lassen Sie ihn noch überwachen?«

»Seine Unterschrift reicht mir.«

Gunnar und Gabi trafen sich jetzt jeden Nachmittag. Nachdem er seine Arbeiten auf dem Hof oder im Betrieb erledigt hatte, fuhr er mit seinem Motorrad nach Halle. Er mied jeden Kontakt mit Leuten aus dem

Dorf. Gunnar und Gabi sprachen vor allem über den Fluchtplan. Gabis Unsicherheit steckte ihn nicht an. Er war jetzt sicher, dass sie ihn nicht verraten würde. Er hielt es für besser, sie vorerst über die Fluchtdetails im Unklaren zu lassen.

Die Arbeit in der Fabrik interessierte ihn nicht. Er lernte Drehen, fertigte aus Rohren Hülsen, zweihundert pro Stunde, das Soll. Er beschwerte sich über die Monotonie. Der Betriebsleiter ließ ihn daraufhin in einem winzigen Lager unweit von Halle Rohre entrosten. Er dachte darüber nach, was er nach der Flucht im Westen tun würde. Die Verwandten würden ihn in der ersten Zeit hoffentlich unterstützen. Ihm schwebte vor, das Abitur zu machen und zu studieren.

Mitte August reiste Schöner mit seiner Frau und Gabi für zwei Wochen nach Kühlungsborn an der Ostsee. Trotz seiner Position hatte es ihn viel Mühe gekostet, eine Ferienwohnung in einer Villa mit direktem Zugang zum Strand zu bekommen.

Gabi hatte zu Hause bleiben wollen, Schöner aber bestand darauf, dass sie wenigstens den Sommerurlaub mit der Familie verbringe. Er habe gewaltigen Aufwand betrieben, und dafür solle sie dankbar sein. Gabi konnte die Tage am Meer nicht genießen. Die Zeit erschien ihr endlos, kein Austausch, kein Gespräch, keine Liebe oder Zärtlichkeit. Gunnar war nicht da, um ihr die Angst zu nehmen. Die Last auf ihrer Seele war unerträglich. Sie sehnte sich nach ihm. Sie würde ihn erst an ihrem Fluchttag wiedersehen.

Ihre anfängliche Sicherheit verblasste. Sie fragte

sich, warum sie ihr eigentlich bequemes Leben aufgeben solle. Was, wenn er sie hinterginge? Er hatte sie schon einmal verlassen. Oder führte ihr Stiefvater wieder etwas im Schilde? Warum hatte er die Verhöre so abrupt beendet? War es ihm gelungen, Gunnar auf seine Seite zu ziehen? Wollte er jetzt *sie* testen?

Ihre Mutter und Schöner gingen tagsüber an den Strand, abends in eine Bar und sie probierten die Restaurants im Ort aus. Obwohl Schöner die Tische stets reservieren ließ, gab es am vierten Abend eine Panne. Am Eingang beichtete die Kellnerin, dass man sie an einem Vierertisch zu zwei anderen Gästen platzieren müsse. Widerstrebend akzeptierte er. Als er sich dem Tisch näherte, saß dort Anni Ernst mit einem Mann.

Sie stand freudig auf. »Herr Schöner, wie schön, Sie hier zu sehen!«

Schöner war froh, dass sie ihn nicht mit seinem Dienstgrad ansprach.

»Frau Ernst, welch ein wunderbarer Zufall! Ich darf Ihnen meine Frau vorstellen.«

Erwin Ernst stand nun auch auf und sagte steif: »Gestatten, Ernst.«

Schöner erwartete einen langweiligen Abend, doch die Ernsts erwiesen sich als glänzende Unterhalter. Witze und Anekdoten, Geschichten und Gerüchte aus Wallendorf. Der ersten Flasche Dornfelder folgten rasch weitere. Es wurde viel gelacht, beide Frauen verstanden sich blendend, und selbst Schöner vergaß seine Zurückhaltung. Am Ende des Abends bot Schöner den Ernsts das ›Du‹ an. Er lud sie zum Erstaunen seiner Frau zu sich nach Hause ein. Ohne zu zögern, fixierte er auch gleich ein Datum: Sonntag, den zweiten September.

Letzter Tag im August: der Tag, an dem Gunnar mit Gabi die DDR verlassen wollte. Der Wecker klingelte. Gunnar zog die Bettdecke über den Kopf und versuchte zugleich, die Lärmquelle zu erreichen. Sie fiel auf den Boden und lärmte noch etwas weiter. Kopfschmerzen. Die Nachwirkungen des Rausches aus der vorherigen Nacht machten ihm zu schaffen. Polterabend in Löpitz, eine sorglose Feier, und er fragte sich, wie er so phlegmatisch daliegen konnte, gerade heute. Er zog die Decke zurück, um sein Zimmer ein letztes Mal zu betrachten. Er fühlte sich verantwortlich für Gabi, für seine Eltern, auf die ohne Zweifel Schwierigkeiten zukamen. Aber er sagte sich, dass es nun kein Zurück mehr geben könne. Dieser Tag, der erste in der Berufsschule in Halle, war ideal zum Verschwinden. Er hörte die Schritte seiner Mutter auf der Treppe.

»Gunnar, es ist gleich Viertel vor sieben. Ich verstehe nicht, warum du vor so wichtigen Tagen neuerdings immer feiern musst! Frühstück ist fertig. Nun beeile dich, sonst verpasst du den Bus.«

Sie ging wieder. Er sah auf die Uhr. Ihm dämmerte, dass er den Bus um halb acht nach Merseburg nicht verpassen durfte, um noch den geplanten Zug nach Saalfeld zu erreichen. Er eilte ins Bad, putzte die Zähne und wusch sich notdürftig, zog sich an. Seine Schultasche hatte er schon vor zwei Tagen gepackt, mit Schulabschlusszeugnis, Schreibzeug, einem braunen Rollkragenpulli, einem Kompass, einer Flasche Whisky, einer Karte von Saalfeld und Umgebung sowie ein Stück DDR-Karte mit der Grenze zu Bayern.

In der Küche sagte er nur: »Mutti, sag jetzt bitte nichts. Ich muss los.« Einen Moment lang war er versucht, sich von ihr zu verabschieden, ihr zu sagen, was er vorhatte. Sie reichte ihm Kaffee, an dem er nur nippte. »Au, ist das heiß!« Er stellte die Tasse so heftig auf dem Tisch ab, dass der Kaffee überschwappte. Dann griff er nach einem Paket mit Pausenbroten und rannte mit einem »Tschüss, Mutti« aus dem Haus.

Von seiner Eile war er abgelenkt, aber dachte dann doch, dass er seine Eltern und das Dorf vielleicht nie wiedersehen würde. Er sah den Bus bereits am Denkmal vorbeifahren. Er rannte, so schnell er konnte, sah aber ein, dass es keinen Zweck hatte, und stoppte ab. An der Haltestelle stand kein Mensch, der Bus hielt nicht und verschwand nach der nächsten Straßenecke. Er ärgerte sich maßlos über seine Leichtsinnigkeit, begann aber dann fieberhaft nachzudenken. Er hatte für die Situation keinen Plan B. Also, was tun?

Während er überlegend weiterging, sah er auf die Uhr. Fünf nach halb acht! Es waren etwa fünf Kilometer bis zum Bahnhof. Das war in zwanzig Minuten zu Fuß nicht zu schaffen. Kurz entschlossen kehrte er nach Hause zurück und holte seine Maschine. Er hatte sie nicht benutzen wollen, weil er befürchtete, sie würde mit Sicherheit der Polizei auffallen, wenn sie herrenlos am Bahnhof stünde. Man würde Fragen stellen. Nun musste er das Risiko eingehen. Die Umstände an diesem Morgen waren gegen ihn.

Nach nur einem Kilometer versagte der Motor und

war durch keinen Trick in Gang zu bekommen. Scheiße, das wird so nichts, dachte er. Er schob das Motorrad hinter Büsche am Straßenrand. Ich gehe jetzt in aller Ruhe nach Merseburg, dachte er, und wir fahren mit dem nächsten Zug. Der um acht wird heute nicht der Einzige nach Saalfeld sein. Gabi wird warten.

Seine Mutter kam ihm in den Sinn. Jetzt redete er laut. »Was für ein beschissener Abschied! Vielleicht sieht sie mich nie wieder und ich gehe so aus dem Haus.« Dann hörte er das unverwechselbare Geknatter eines Wartburgs. Er drehte sich um und riss die Arme nach oben, in der Hoffnung, das Auto werde anhalten.

Am Steuer saß ausgerechnet Anni Erst, auf dem Beifahrersitz ihr jüngerer Sohn Hans. Hans kurbelte das Fenster herunter. »Mechlenburg, was gibt's?«

Gunnar beugte sich hinab und schaute in den Wagen.

»Frau Ernst, können Sie mich nach Merseburg mitnehmen? Ich muss zur Berufsschule nach Halle. Dummerweise ist mir der Bus vor der Nase weggefahren, und der Zug fährt um fünf vor acht.«

Hans sah auf die Uhr und grinste lakonisch. Offenbar genoss er seine Machtposition.

»Dann wollen wir mal keine Spielverderber sein.«

Gunnar setzte sich auf den Rücksitz. Anni Ernst sagte nichts. Gunnar sah ihr an, dass sie die Entscheidung ihres Sohnes missbilligte. Hans redete, Gunnar dachte nur daran, dass er so zu seinem Plan A zurückkam, mit der Direktorin und dem Sohn des Parteisekretärs gewissermaßen als Fluchthelfer.

Am Bahnhof in Merseburg verabschiedete sich

Gunnar höflich. »Vielen Dank, Frau Ernst. Danke, Hans. Ich schulde dir ein Bier.«

Er sprang aus dem Wagen und hastete zum Fahrkartenschalter, wo Gabi schon ungeduldig wartete. Sie war völlig aufgelöst. »Wo warst du denn so lange? Ich hatte schon Angst, dass du nicht kommst!«

»Schatz, ich habe den Bus verpasst. Ich bin per Anhalter gefahren und weißt du, wer mich mitgenommen hat?»

»Erzähl.«

»Die Ernst und ihr Sohn. Die werden sich wundern. Wenn das kein gutes Omen für uns ist!«

Vier Mark sechzig kostete die Fahrkarte. Sie hasteten zum Bahnsteig und stiegen erleichtert in den bereits eingefahrenen Zug.

Sie fanden zwei Sitzplätze, und Gunnar atmete auf. »Der leichte Teil ist geschafft.«

Der Zug war völlig überfüllt. Gabi beruhigte sich allmählich. Wegen der anderen Fahrgäste wagte sie nicht zu reden. Sie fuhren an den Leunawerken vorbei. Gabi schlief ein. Umso besser, dachte Gunnar. Er hatte befürchtet, ihre Nervosität könnte Aufmerksamkeit auf sich ziehen. Er schloss die Augen. Die Kopfschmerzen kehrten zurück. Durch die Hektik der letzten Stunde hatte er sie völlig vergessen. Nach einer Weile schaute er sich ein bisschen um. Es war nicht möglich, den gesamten Waggon zu überblicken. Nur im Bereich auf der anderen Fensterseite konnte er Fahrgäste beobachten. Die meisten schienen auf dem Weg zur Arbeit zu sein.

Auf der anderen Wagenseite am Fenster unterhiel-
ten sich zwei ältere Damen. Am Gang saß ein junger
Mann, der mit sichtlicher Anspannung unablässig den
Gang beobachtete. Der Zug hielt. Gabi wachte auf.
Sie sah verstört um sich und nahm Gunnars Hand.
»Wo sind wir?«

»Weißenfels.«

Die beiden Frauen stiegen aus, und erst im letzten
Moment sprang der Mann auf und eilte wie gejagt aus
dem Abteil.

Gunnar konnte spüren, wie Gabi vor Angst zitterte.

Gegen Mittag erreichte der Zug Saalfeld. Gabi und
Gunnar stiegen aus, schauten sich unsicher auf dem
Bahnsteig um. Sie verließen den Bahnhof.

»Gunnar, was tun wir, wenn die uns erwischen? Ich
will nicht ins Gefängnis. Das stehe ich nicht durch.«

»Wir haben doch alles besprochen. Mithilfe von
Kompass und Karte gehen wir jetzt in Richtung Grenze. Dort sehen wir weiter. Gabi, dass die Umsetzung
unseres Plans nicht leicht wird, wussten wir von Anfang an. Wir wollen im Westen gemeinsam leben, studieren, reisen, glücklich sein. Das können wir nur rea-
lisieren, wenn wir auch dort hinkommen. Was willst
du denn nun tun? Nach Hause zurückfahren?«

Gabi war stehen geblieben. Ihr Ton war fast schnei-
dend, als sie mit Nachdruck antwortete: »Gunnar, ich
schaffe das nicht. Ich habe zu viel Angst. Ich will nicht
zum Krüppel werden durch Schüsse oder Minen.«

Gunnar sah sie fassungslos an. »Aber du warst dir
doch sicher! Ich kann nicht umkehren. Ich werde nicht

aufgeben, auch wenn ich in Lebensgefahr geraten sollte. Gabi, bitte komm mit! Lass mich nicht im Stich!«

»Ich kann nicht! Zu Hause sah alles leicht und abenteuerlich aus. Aber jetzt geht mir nur noch durch den Kopf, dass ich für Jahre eingesperrt werde. Gunnar, ich kann nicht. Ich bleibe hier, endgültig.«

Gunnar fasste sich an die Schläfen. Er war maßlos enttäuscht. »Dann müssen wir uns hier trennen. Für immer. Vielleicht sehen wir uns nie wieder.«

Gabi liefen die Tränen über die Wagen. Er nahm sie in die Arme, und sie schmiegte sich an ihn. Dann löste sie sich von ihm. Abrupt wandte sie sich um, ging zum Bahnhof zurück und verschwand, ohne sich noch einmal umzudrehen, in dem Gebäude.

Gunnar versuchte, nicht mehr an Gabi zu denken, sondern an seine nächsten Schritte. Nur langsam fand er aus der Betäubung zurück. Sein erster Orientierungspunkt waren die Feengrotten, ein Höhlensystem südlich von Saalfeld, neben den Talsperren ganzjährig ein beliebtes Touristenziel. Er kam zügig voran. Saalestraße, Puschkinstraße, Friedensstraße. Nach fünfzehn Minuten erreichte er die Fernstraße 281 in Richtung Arnsgereuth. Er fühlte sich am Straßenrand sehr unsicher, wusste jedoch keine Alternative. Nach dem Abzweig zu den Feengrotten, einer einspurigen Straße, traf er auf eine Gruppe Wanderer, die sich angeregt unterhielten. Als sie sich deutlich von ihm entfernt hatten, verließ Gunnar den Weg und ging in den Wald.

Ab hier bewegte er sich besonders vorsichtig. Er sah auf die Uhr. Kurz nach eins. Für die geschätzten dreißig Kilometer bis zur Grenze hatte er ein Maximum von vierzehn Stunden kalkuliert. Demzufolge könnte er sie in der folgenden Nacht erreichen und sie noch im Schutz der Dunkelheit überqueren. Er hastete einen Hang hinauf, um mehr Abstand zur Straße zu gewinnen. Dann streifte er seinen braunen Pulli über. Um die blonden Haare zu verdecken, setzte er eine braune Strickmütze auf. So ganz in Braun gekleidet, hielt er sich für optimal getarnt. Er hatte leichte Stoffschuhe an, um notfalls gut rennen zu können.

Nach einer Stunde setzte ein leichter Regen ein, und Gunnar ärgerte sich, nicht an Regenkleidung gedacht zu haben. Er orientierte sich mithilfe von Karte und Kompass. Nach etwa einer Stunde parallel zur Straße nach Arnsgereuth bog er nach Süden ab. Laut Karte war das ganze vor ihm liegende Gebiet bewaldet. Das Städtchen Gräfenthal, schon im Sperrbereich liegend, plante er als nächsten Orientierungspunkt. Trotz Anspannung dachte Gunnar wiederholt an den Abschied von seiner Mutter und von Gabi. Immer wieder musste er sich ermahnen, das nicht zu tun, wachsam zu bleiben. Sein Optimismus aber blieb unverändert, auch als es heftiger regnete. Er sagte sich, bei dem schlechten Wetter werde hier kaum jemand unterwegs sein. Nach kurzer Zeit waren seine Kleidung und die Stoffschuhe durchnässt. Er spürte, dass er Blasen am rechten Fuß bekommen hatte. Nach einigen Minuten streifte er die Schuhe und Strümpfe ab. Seine Ferse blutete bereits ein wenig. Er band die Schuhe an den Schnürsenkeln zusammen, hängte sie an seinen Gürtel. Die Socken steckte er in die Tasche. Auf dem weichen Waldboden ließ es sich barfuß deutlich angenehmer gehen. Nach einer weiteren Stunde sah er Häuser. Vermutlich gehörten sie zu Arnsgereuth. Um sicher zu sein, ging er ins Tal hinab.

Gegen vier Uhr erreichte Gabi mit dem Zug den Hauptbahnhof Halle. Sie fühlte sich zermürbt von Selbstzweifeln und war wütend auf ihre Schwäche. Sie wollte niemanden sehen. Sie befürchtete, ihr Stiefvater würde ihr etwas ansehen oder anderweitig dahinterkommen, was Gunnar vorhatte. Inständig hoffte sie, Gunnars Flucht möge bis dahin gelungen sein.

Als sie den Bahnhof verließ, wurde sie von einer entgegenkommenden Frau gegrüßt. Gabi grüßte zurück, ohne wahrzunehmen, um wen es sich handelte. Sie eilte nach Hause, wissend, dass sie dort allein sein würde. Sie hoffte, ein heißes Bad würde ihr guttun, Angst und Frustration nachlassen. Sie tauchte unter. Wieder sah sie den Abschied von Gunnar vor sich. Nach diesem Schritt war nichts mehr wie vorher. Ob ihm die Flucht gelang oder nicht: man würde sie fragen, ob sie davon gewusst hatte. Beunruhigt fragte sie sich, ob Gunnar sie bei Misslingen seines Plans verraten würde. Sie stieg aus der Wanne, ging ins Wohnzimmer, um einen Wodka zu trinken. Nach dem dritten Glas legte sie sich wieder ins heiße Badewasser. Sie spürte Wärme und Gleichgültigkeit und Müdigkeit.

Die Frau erschien wie aus dem Nichts. Verdeckt durch tief hängende Zweige näherte sie sich, ein Fahrrad schiebend. Sie sah ihn, bevor er verschwinden konnte.

»Hallo, junger Mann, können Sie mir helfen?«

Ihm gefiel ihre raue Stimme. Mit ölverschmierten Händen deutete sie auf ihr Rad.

»Mir ist die Kette abgesprungen.«

»Sehr gern.« Gunnar brachte mit wenigen Handgriffen die Kette auf den Zahnkranz.

»Danke, das ging ja flink.« Sie musterte ihn. »Du kommst wohl nicht von hier?«

Das ›Du‹ überraschte Ihn. »Nein. Ich bin von Saalfeld nach Arnsgereuth gewandert. Auf dem Rückweg habe ich mich wohl etwas verlaufen.«

»Aha.«

In ihren Augen erkannte er, wie unglaubwürdig das klang. Barfuß, die nassen Schuhe am Gürtel befestigt, die Schultasche umgehängt, all das sah nicht nach Wanderung aus.

»Dann musst du zurück. So, wie du aussiehst, bist du wohl aus der Stadt.« Sie zögerte kurz. »Willst du zur Grenze?«

»Nein.«

Ihre braunen Augen schauten ihn interessiert an. Die braunen Haare waren nass, strähnig, aber voll und dicht.

»Sie sind schön.«

»Danke.« Sie lächelte das erste Mal, Grübchen in den Mundwinkeln.

»Wie schön die Landschaft ist. Leben Sie hier?«

»Ja, bin hier aufgewachsen. Ich käme nie auf den Gedanken, hier wegzugehen. Aber ich kann es verstehen, wenn manche nicht hierbleiben wollen. Wie heißt du?«

»Gunnar, und Sie?«

Sie reichte ihm die Hand. »Isa.«

»Schöner Name.«

»Findest du?«

»Ja.« Er wurde rot. Sie lächelte wieder.

»Rauchst du?« Sie bot ihm eine F6 an. Der Deckel ihres Metallfeuerzeugs sprang klirrend auf. Sie setzten sich und rauchten. Ihr Kleid verrutschte und gab die Sicht auf ihre sonnengebräunten Beine frei. Er hatte keine Ahnung, was er sagen sollte. Außerdem war er beunruhigt. Was, wenn sie mich verpfeift?

Er duzte sie jetzt auch: »Du bist schön braun. Hast du an der Ostsee Urlaub gemacht?«

»Nein, ich werde auch hier schnell braun«, sagte sie nicht ohne Stolz. »Wohin willst du?«

»Ich will die Welt kennenlernen.«

»Hört sich seltsam an. Ich wollte auch mal die Welt kennenlernen, es ist aber ein Rückzieher daraus geworden. Was ist mit deinem Fuß?«

»Aufgerieben, von den nassen Schuhen.«

»Sieht übel aus.«

»Ich habe Whisky dabei, zur Desinfektion.«

»Na großartig!« Sie lachte. »Spielst du den Helden, so eine Art John Wayne? Ein Verband scheint mir schon nötig. Komm mit, ich wohne in der Nähe.«

»Bist du verheiratet?« Sofort ärgerte er sich über seine Frage.

»Ich war es.« Sie wechselte das Thema. »Es wird bald dunkel. Ich versorge die Wunde, du kannst ausruhen und dann morgen weitergehen. Bei mir ist gerade niemand zu Hause. Meine Eltern kommen erst am

Sonntagmittag zurück.«

»Und wenn du Schwierigkeiten bekommst?«

Sie breitete die Hände aus. »Warum sollte ich das?«

Gunnar dachte, dass sie ihn auch verraten könnte, wenn er nicht mitginge. Aber jede Verzögerung steigerte sein Risiko. Ihm fiel nichts ein, sie einfach loszuwerden.

Über einen fast zugewachsenen Waldweg erreichten sie ein alleinstehendes Fachwerkhaus, das renovierungsbedürftig wirkte. Allerdings war der Vorgarten sehr gepflegt. Sie schloss die Tür mit einem altertümlichen Schlüssel auf, den sie unter der Fußmatte hervorholte. Ein Flur mit übervoller Garderobe und einer antiken Kommode führte in das Wohnzimmer.

»Setz dich. Willst du einen Tee?«

Er nickte und schaute unsicher umher. Das Wohnzimmer sah aus wie eine Puppenstube. Zwei Katzen auf einem abgewetzten Sofa. Viele Topfpflanzen auf den Fensterbänken. Regale voller Nippes. Auf dem Tisch ein Strauß Rosen, mit raumbeherrschendem Duft. Neben der Küchentür ein Klavier mit Bildern obendrauf. Sie kam mit Tee zurück.

»Ich hole Verbandszeug.«

Er schlürfte den sehr heißen Tee. Isa erschien mit einem Verbandskasten. Geschickt verband sie die Wunde. Gunnars Socken und Schuhe legte sie in den Backofen und stellte 60 Grad ein.

»Bist du Krankenschwester?«

»Nein, ich arbeite bei der Forstverwaltung hier in Arnsgereuth.« Sie redete vom Baumfällen, von der

216

Jagd, vom Pilzesammeln.

Gunnar schoss der Gedanke durch den Kopf, er müsste sie einsperren oder fesseln, ohne ihr wehzutun.

»Hörst du zu?« Isa stieß ihn an.

»Entschuldige, ich war in Gedanken. Ich könnte jetzt einen Schnaps gebrauchen.«

»Ich habe aber nur Braunen.«

»Ich habe Black&White-Whisky dabei.«

Isa sah auf die Uhr. »Es ist zwar noch früh, aber wenn es dir nichts ausmacht, trinke ich einen mit.«

»Gern!« Er zog die Flasche hervor und stellte sie auf den Tisch. Sie holte zwei Gläser aus dem Schrank, die sie bis zum Rand füllte.

»Prost. Schöner Zufall, dass wir uns getroffen haben. Wahrscheinlich wäre ich sonst an Blutvergiftung gestorben.«

»Ich lasse keinen sterben«, entgegnete Isa zwinkernd. Sie tranken. Isa schenkte erneut ein und erzählte von Festen und von ihrer Familie. »So«, unterbrach sie ihren Monolog, »ich mache uns mal was zu essen.«

Gunnar folgte ihr in die Küche.

»Holst du etwas Wurst aus der Vorratskammer da drüben?«

Gunnar wandte sich zu der Tür. Er drehte den Schlüssel um und öffnete einen kleinen, fensterlosen Raum voller Regale. Sie waren vollgepackt mit Konserven, Einweckgläsern, Würsten, Knäckebrot und vielem mehr.

»Mit den Vorräten überlebt ihr jeden Atomkrieg.«

»Ja, mein Vater denkt ständig, es könnte wieder Krieg ausbrechen, und bunkert alles, was man eventuell gebrauchen könnte. Er war im Krieg irgendwo von feindlichen Truppen eingeschlossen. Dort hatte er wochenlang kaum zu essen. So was prägt.«

»Verrückt.«

»Ja. Ein Glück, dass wir das nicht mitmachen mussten.«

Gunnar gab Isa eine Wurst.

»Dein Vater war sicher ein brillanter Handwerker. Die Regale in der Vorratskammer sind hervorragend gearbeitet. Ich mache so was auch gern. Darf ich die mal genauer anschauen?«

Isa, erfreut über das Kompliment, kam sie zu ihm in die Kammer. Blitzschnell schlängelte sich Gunnar an ihr vorbei und verließ den Raum. Er schlug die Tür hinter sich zu, drehte den Schlüssel um. Erst vermutete sie einen Streich und bat ihn, sie herauszulassen. Er schaltete das Licht aus, was sie wütend machte. »Lass mich raus! Ich will, dass du mich jetzt sofort rauslässt!« Sie schlug mit der Faust gegen die Tür. »Lass mich raus!«

Gunnar holte rasch die inzwischen fast trockenen Socken und Schuhe aus dem Ofen und zog sie an.

Isa begann zu schreien, ihn zu beschimpfen. »Du Schwein, ich werde dich anzeigen! Du wirst im Knast schmoren. Mein Vater ist Offizier bei den Grenztruppen, und mein Freund ist Soldat. Die werden dich fertigmachen. Du wirst nicht in den Westen kommen. Sie werden dich vorher kriegen. Mein Vater hat mir von solchen Typen wie dir erzählt.«

Gunnar war in den Garten gegangen. Angespannt lauschte er und hörte Isas Geschrei noch immer. Er ging wieder in die Küche, wo ihm ein Radio auf der Fensterbank auffiel. Er schaltete es ein und drehte am Lautstärkeknopf. DDR-Schlager ertönten. Sofort rief Isa, dass ihm das Radio nicht nützen werde, er müsse sie schon umbringen.

»Rede keinen Scheiß! Deine Eltern kommen am Sonntagmittag. Ich kann dir nicht trauen.«

»Wenn ich dich verraten wollte, hätte ich dich nicht mit hierhergebracht.«

»Du hast mich mitgenommen, weil du hier viel leichter die Grenzer alarmieren kannst.«

Er drehte die Lautstärke am Radio auf und ging wieder in den Garten. Dort hörte er nur die Musik. Auf dem Rückweg stieg er über einen auf der Wiese liegenden Rechen. Er ging noch einen Schritt, stoppte abrupt, drehte sich um, hob den Rechen auf und stellte ihn neben dem Hauseingang ab. Isa hebelte nun heftig an der Türklinke. Sicherheitshalber schob Gunnar die Kommode aus dem Flur vor die Tür der Vorratskammer. Dann fixierte er mit einigen Büchern aus dem Wohnzimmer die Türklinke.

Isa spürte das offensichtlich und begann wieder auf ihn einzureden. »Gunnar, ich verstehe dich. An deiner Stelle wäre ich auch vorsichtig. Schalte wenigstens das Licht wieder ein. Es ist hier furchtbar, ich habe Platzangst. Wenn du mich jetzt rauslässt, werde ich dich nicht verraten. Du gehst zurück nach Saalfeld und fährst mit dem Zug nach Hause.«

»Du kennst die Antwort«, sagte Gunnar kalt.

Er ließ das Licht ausgeschaltet, denn er befürchtete, sie könne in dem Raum Werkzeug finden.

»Bis Sonntagmittag muss du im Dunkeln sitzen. Weißt du, man kann das aushalten. Die Stasi hat mich mal eingesperrt. Einen Tag im Dunkeln, ohne Essen und ohne Musik. Da wird man nachdenklich. Ich hoffe, du kriegst keinen Ärger. Ich gehe jetzt.«

Er achtete nicht mehr auf ihr wiedereinsetzendes Schimpfen und Flehen. Er schnitt einige Scheiben vom Brot und belegte sie mit der Wurst. Die Tasche umgehängt, den Rechen über die Schulter gelegt, ging er mit der Ruhe eines Gärtners zum Waldweg. Dabei spähte er in beide Richtungen: kein Mensch zu sehen. Erleichtert wandte er sich zurück in den Wald. An einem Busch blieb er stehen, schob die Zweige auseinander und spähte hindurch. So angestrengt er auch suchte, er konnte nichts Verdächtiges entdecken.

Gunnar wanderte in der Dämmerung nach Süden. Er wusste, dass es von Arnsgereuth nach Gräfenthal ungefähr zehn Kilometer waren, aber die Geländebeschaffenheit konnte er schlecht abschätzen. Außerdem befürchtete er, bei Hereinbrechen der Nacht im Wald die Orientierung zu verlieren. Isas Feuerzeug hatte er eingesteckt, um im Dunkeln gelegentlich seinen Kompass prüfen zu können. Der Waldboden und die Pflanzen waren vielerorts noch feucht, und Gunnars Schuhe waren bald erneut durchnässt. Sein Fuß schmerzte zunehmend, obwohl er sehr langsam ging. Er zog die Schuhe aus, riss den Verband ab, ging wieder barfuß. Was im ersten Moment angenehm war, wurde zum Problem, als er in Brombeersträucher geriet, die noch mehr Wunden aufrissen. Gegen halb elf erreichte er eine Wiese, auf der eine Hütte stand. Die verriegelte Tür hatte er schnell aufgebrochen. Isas Feuerzeug erhellte den Raum. Werkzeug, Zaunpfähle und Draht lagen herum. Gunnar legte sich auf den kalten Boden, versuchte zur Ruhe zu kommen, es gelang ihm nicht. Die Füße schmerzten, er fror, der Boden war hart. In einer Ecke fand er mehrere Säckchen mit Utensilien für Zäune. Er schüttete den Inhalt aus, schlüpfte mit den Füßen hinein und schnürte sie mit Riemen an den Knöcheln fest. Dann marschierte er los.

Schon bald stieß er auf einen kleinen Fluss. Er watete hindurch, aber wegen der kräftigen Strömung gelang es ihm nicht, das gegenüberliegende steile und glitschige Ufer zu erklimmen. Ungeduldig, fast panisch, versuchte Gunnar es an anderen Stellen, aber ohne Erfolg. Keine Chance, er rutschte immer wieder zurück in das Wasser. Er befürchtete, sich im Dunkeln noch ernsthaft zu verletzen. Völlig durchnässt und erschöpft kehrte er zurück zur Hütte, wobei er einen Umweg zum nahen Wald machte, um Brennholz zu sammeln. Er tastete auf dem Boden herum, fand einige Zweige. In der Hütte entzündete er mit Isas Feuerzeug mühsam ein Feuer. Dann rammte er zwei für den Elektrozaun vorgesehene Eisenpfähle in den Boden, auf die er die nassen Schuhe und Strümpfe zum Trocknen hängte. Das feuchte Holz führte zu einer derartigen Rauchentwicklung, dass Gunnar es bald nicht mehr aushielt. Mit fatalistischer Gleichgültigkeit riss er die Fensterläden auf, um den Rauch abziehen zu lassen, auch wenn der Lichtschein Aufmerksamkeit erregen konnte. Er war auf dem Tiefpunkt.

Gunnar zweifelte. Er brauchte deutlich mehr Zeit als gedacht. Er hatte nicht erwarten können, dass die Flucht leicht sei, aber die Umstände machten ihm zu schaffen. Die eigentliche Herausforderung stand noch bevor. Wenn schon scheitern, sagte er sich, dann an der Grenze und nicht an einem Septemberregen. Das Feuer war erloschen. Er goss Whisky auf seine Wunden, zog die noch feuchten Socken und Schuhe an und verließ die Hütte. Der Regen hatte aufgehört. Unten im Tal, mehrere hundert Meter entfernt, sah Gunnar in der Dämmerung schemenhaft einen Ort mit Kirchturm. Von der Hütte führte ein Feldweg hinunter. Ein Hund bellte. Gunnar folgte ein Stück dem Weg, in der Hoffnung, eine geeignete Stelle für die Überquerung des Baches zu finden. Keine fünfzig Meter von der Stelle, wo er es versucht hatte, gelangte er an eine Brücke. Er lachte bitter. Zügig passierte er sie und folgte dem Weg in den Wald. Gunnar sah auf die Uhr: fast sechs. Er fragte sich, wer um die Zeit hier unterwegs sein könnte. Er redete sich ein, dass die Jagdsaison erst im Oktober begänne. Er dachte an Jagdszenen, röhrende Hirsche, bellende Hunde, Wildschweine. Das Empfinden für Zeit und Entfernung kam ihm abhanden. Er schaute ständig auf seinen Kompass.

Gegen acht Uhr aß er das letzte Brot und ärgerte sich, nicht mehr Vorräte mitgenommen zu haben. Bald lichtete sich der Wald und endete abrupt vor einem steilen Abhang. Im Tal eine Straße, mit Maisfeldern zu beiden Seiten. Traktoren und Erntemaschinen waren unterwegs. Die sind zeitig dran mit dem Mais, dachte Gunnar. Ein friedliches Bild, nur blockierten sie seinen Weg. Er hielt es für zu gefährlich, sie zu umgehen. Auch weil er seinen Fuß schonen wollte, wollte er warten, bis die Bauern ihre Arbeit beendeten. Er legte sich in einer Senke in dichte Büsche und schlief sofort ein.

Kälte weckte ihn. Er spähte zu den Bauern hinunter. Das Feld auf seiner Seite hatten sie abgeerntet. Vier Uhr. Gegen fünf fuhren sie davon. Gunnar kletterte an einer schwer einsehbaren Stelle den Hang hinunter zur Straße. Einige Autos fuhren vorbei. Jedes Mal warf er sich auf den Boden und verharrte regungslos. Es machte ihm fast Spaß. Auf der anderen Seite arbeitete er sich langsam durch die dicht stehenden Maisstängel den Hügel hinauf.

Nachdem Gunnar am Freitag nicht nach Hause gekommen war, war sich Martha sicher, dass er einen neuen Fluchtversuch unternommen hatte. Bei aller Traurigkeit blieb sie sehr gefasst und sagte es Oscar. Der überlegte lange.

»Wenn Gunnar das versucht, bleiben wir hier zur Untätigkeit verdammt. Wir müssen ihm Zeit verschaffen und können dennoch nicht zu lange warten mit einer Vermisstenanzeige.«

Sie entschieden sich, dies erst am Sonnabend gegen neunzehn Uhr bei der Polizei in Merseburg zu tun. Gründlich durchsuchten sie Gunnars Zimmer, fanden aber keine Hinweise. So planten sie zu sagen, er habe angedeutet, bei einem Freund in Halle zu übernachten. Die Tatsache, dass Gunnar sich weder meldete, noch dass sie die Adresse des Freundes kannten, würde sie derart sorgen, dass sie eine Vermisstenanzeige für unumgänglich hielten.

Oscar ging zu den Nachbarn, die ein Auto besaßen. Er erklärte die Situation und bat darum, ob sie ihn und Martha zur Polizei nach Merseburg fahren könnten. Zwanzig Minuten später gaben Oscar und Martha zu Protokoll, dass ihr Sohn Gunnar seit Freitagabend verschwunden sei. Ein Polizist rief den Direktor der Berufsschule in Halle an. Woher er die Nummer kannte, blieb sein Geheimnis. Der Anruf brachte die Gewissheit, dass Gunnar dem Unterricht unentschuldigt ferngeblieben war. Sichtlich schlecht gelaunt stellte sich der zuständige Polizist auf eine lange Nacht ein. Er geleitete die Mechlenburgs in getrennte Verhörräume. Nachdem er einen Kollegen informiert hatte, begann die Befragung.

Am späten Abend erreichte Gunnar auf der Südseite des Berges eine Straße. Er hatte sich viel Zeit gelassen, obwohl er wusste, dass er diese Zeit nicht hatte. Er rechtfertigte sich mit der besonderen Vorsicht und der Schonung seines Fußes. Unweit sah er ein Ortsschild: Gräfenthal, sein nächstes Etappenziel. Er musste sich nun mehr nach Westen bewegen und beschloss, trotz des Risikos, durch den Ort zu gehen. Die Straßenlaternen verbreiteten ein nur trübes gelbliches Licht. Kein Mensch war zu sehen, kein Hund bellte. Die Häuser waren wenig sehenswert, kleine Vorgärten, ein Marktplatz mit Kirche. Dann Motorengeräusche. Ein Motorrad mit Scheinwerferkegel. Gunnar rannte in Seitenstraßen, einen Hügel hinauf. Oben sprang er über eine Straßenleitplanke, stoppte abrupt. Vor ihm lag ein steiler Abhang, unten Bahngleise. Fast wäre er abgestürzt. Sein Herz schlug wie verrückt.

Er flüsterte sich zu: »Ruhig Blut, zurück zur Hauptstraße, dann aus dem Ort heraus, wie geplant!«

Auf der Hauptstraße hörte er erneut Motorengeräusche. Kurz entschlossen sprang er über einen niedrigen Zaun, fiel in ein Blumenbeet. Ein LKW fuhr vorbei. Trotz des spärlichen Lichtes erkannte Gunnar den Transporter der Grenztruppen, die mit einer Plane überzogene Ladefläche war hinten offen. Deutlich konnte er Soldaten in Tarnkleidung sehen, die Gesichter bleich, Stahlhelme auf den Köpfen. Als sie außer Sichtweite waren, sprang er zurück auf die Straße und erreichte zügig den Ortsausgang. Das Licht reichte nicht, um die Karte zu lesen; Isas Feuerzeug hatte kein Benzin mehr. Gunnar folgte etwas oberhalb der nach Westen führenden Straße, stieg dann ein Stück höher und legte sich hin, mit dem Hintern an einem Baum, gegen Abrutschen gesichert. Er sagte sich, dass dies die letzte Ruhepause sein müsse. Gegen fünf Uhr morgens wurde er von den Schmerzen in seinem Fuß geweckt. Es dämmerte. Anhand von Karte und Kompass schätzte er, schon im Grenzgebiet zu sein, nur noch wenige Kilometer von der Grenze entfernt. An manchen Stellen gaben Lücken zwischen den Bäumen die Sicht auf die Straße unten im Tal frei. Abgesehen von einem LKW mit Grenzsoldaten, gab es keinen Verkehr.

Gegen acht sah Gunnar das erste Schild mit der Aufschrift ›Sperrgebiet! Betreten und Befahren verboten!‹. Das hieß, die Grenze verlief fünf Kilometer südlich von ihm. Gunnar bewegte sich noch vorsichtiger, nun Richtung Süden. Gegen neun Uhr erreichte er eine zweite Schilderkette. ›Achtung! 500-Meter-Zone! Betreten und Befahren nur mit Sondergenehmigung erlaubt!‹ Er musste sich ermahnen, seinem Plan zu folgen und weiter westlich nach der vorgesehenen Stelle zu suchen. Seine Freude über die Idee mit dem Rechen wurde von der erneuten Sorge getrübt, dass der Grenzzaun mit Selbstschussanlagen ausgerüstet sein könne. Er versuchte, den Gedanken zu verdrängen, begriff jedoch mit einem Mal, dass er kaum eine Ahnung von der Grenze hatte. In der Erwartung, die Grenze bald zu erreichen, ging er zuversichtlich einige hundert Meter weiter nach Süden. Dort folgte lange nur dichter Wald. Nach einer Stunde fragte Gunnar sich, ob etwas mit dem 500-Meter-Streifen oder doch mit seiner Wahrnehmung nicht stimmte. Über ihm schwirrte ein Schwarm Fliegen, angezogen von seinem Geruch. Sie waren nicht zu vertreiben.

Anni Ernst und ihr Mann klingelten pünktlich um elf Uhr an Schöners Tür, mit zwei Flaschen Dornfelder und einem Blumenstrauß im Gepäck. Schöner bereute nicht, die beiden zu sich nach Hause eingeladen zu haben. Der Abend in Kühlungsborn war kurzweilig gewesen, was er auch von dem mit ihnen verabredeten Mittagessen erwartete. Nachdem Schöner die Jakken in der Garderobe untergebracht hatte, bat er zum Aperitif, ein Ritual, das er liebte. Er bot den Gästen einhundert Gramm Wodka an, die seine Gattin auf einem Tablett hereingebracht hatte. Nach dem ersten

Glas fragte Anni Ernst arglos, ob es Gabi besser gehe. Die sei auf ihrem Zimmer und unpässlich, entgegnete Gabis Mutter.

Schöner reagierte hochgradig interessiert: »Anni, wie kommst du darauf? Hast du sie in den letzten Tagen gesehen?«

Die gab irritiert zurück: »Am Freitagabend in Halle am Bahnhof. Ich wollte meinen Sohn abholen. Gabi stieg aus dem D-Zug aus Erfurt, total verheult. Sie grüßte zwar, hat mich aber nicht wirklich wahrgenommen. Ich bin sicher, dass sie es war. Ihr habt sie mir ja in Kühlungsborn vorgestellt.«

»Sie kam aus Erfurt?« Schöner sah seine Frau vorwurfsvoll an, die jedoch mit den Achseln zuckte. »Gabi war in Merseburg bei ihrem Vater.«

»Da stimmt was nicht«, sagte Schöner sichtlich erregt. »Noch mal, damit ich es verstehe. Was hast du gesehen?«

Frau Ernst zögerte. Sie kam sich vor, als hätte sie ein Geheimnis ausgeplaudert. »Ich kam am Freitagabend gegen vier Uhr zum Bahnsteig zwei. Etwa gleichzeitig traf der Zug aus Erfurt ein. Ich sah Gabi aussteigen und grüßte sie. Da der Zug aus Berlin praktisch gleichzeitig eintraf und ich meinen Sohn suchte, sprach ich sie nicht an.«

Frau Schöner und die beiden Gäste sahen den Hausherrn erwartungsvoll an. Er beachtete sie nicht, wurde dann ärgerlich, geradezu wütend. Er besann sich und versuchte, seine Wut zu verbergen.

»Entschuldigt mich für einen Moment«, sagte er nach einem Räuspern, »ich muss kurz mit Gabi reden.«

Ohne anzuklopfen, stürmte er in Gabis Zimmer, die erschrocken aufschrie: »Was willst du? Das ist *mein* Zimmer!«

»Du warst wieder in Erfurt, oder?«

»Natürlich nicht, lass mich in Ruhe! «

Sein Blick fiel auf Fotos auf ihrem Bett. Er stockte einen Moment. »Das ist doch Mechlenburg! Wo warst du? Sag es mir, oder ich bringe dich hinter Gitter.«

Sie brachte kein Wort über die Lippen. Schöner aber dachte schon darüber hinaus. »Ach, jetzt verstehe ich. Ihr wolltet Republikflucht begehen. Wo steckt er?«

Gabi, erschöpft von den schlaflosen Nächten, brach in Tränen aus. »Wir wollten fliehen, aber ich konnte es nicht, ich hatte zu viel Angst.«

Schöner war ehrlich überrascht, mit seiner Vermutung richtig zu liegen, vor allem darüber, dass Gabi es so leicht zugab. »Und Gunnar?«

»Er ist in Saalfeld ausgestiegen«, sagte sie schluchzend.

»Wann, am Freitag?«

Sie nickte. Sie dachte dann, ihr Stiefvater wisse das alles schon längst. Sie schaute ihn hasserfüllt an.

»Er wird bereits im Westen sein. Du kommst zu spät!«

Sie presste die Hände gegen die Schläfen. Schöner kannte das. Wenn sie das tat, würde er nichts mehr aus ihr herausbringen. Aber das war auch nicht erforderlich. Er kehrte ins Wohnzimmer zurück, wo er der Gesellschaft eilig die Situation erklärte.

»Das ist doch nicht möglich«, rief Anni. »Ich habe

Gunnar am Freitagmorgen nach Merseburg mitgenommen! Er sagte, er habe den Bus verpasst und müsse den Zug zur Berufsschule nach Halle erreichen. Dieser dreiste Kerl!«

Schöner starrte sie an. Dann griff er zum Telefon, um bei den Grenztruppen nahe Saalfeld anzurufen.

Zwangsweise hatte Isa die Nacht in ihrem dunklen Verlies verbracht. Nach vergeblichen Versuchen, die Tür aufzustemmen, hatte sie sich gesetzt, eine Flasche Korn ertastet und getrunken, um sich von ihrer Wut abzulenken. Nach vielen Stunden hörte sie Geräusche im Haus. Ihre Eltern kehrten zurück. Sie schrie und schlug heftig gegen die Tür. »Hier bin ich, hier!«

Sie hörte die dunkle Stimme ihres Vaters. »Isa? Was zum Teufel machst du in der Kammer?«

Die Kommode wurde zur Seite geschoben, auf die Klinke gedrückt. »Verdammt, wo ist der Schlüssel? Was soll das Ganze?« Sie hörte ihre Mutter sagen, dass der Schlüssel auf dem Tisch liege. Endlich wurde die Tür geöffnet. Ohne ein Wort zu sagen, hastete Isa an ihren Eltern vorbei zur Toilette. Danach berichtete sie von Gunnar. Ihr Vater hielt ihr unerträgliche Blödheit vor. Dann ging er zum Telefon und rief die Dienststelle der Grenztruppen in Saalfeld an.

Der Diensthabende, der soeben das Gespräch mit Schöner beendet hatte, nahm nun interessiert die Hinweise von Isas Vater zur Kenntnis. Offensichtlich handelte es sich um dieselbe Person. Jugendlich, männlich, ein Meter und fünfundsiebzig. Haare blond und schulterlang. Braune Hose, dunkelbrauner Pullover. Er sah auf die Uhr. Kurz vor zwölf! Sofort informierte er einen Vorgesetzten und ließ sämtliche Dienststellen von Probstzella bis Oberland in Alarmzustand versetzen. Die Beschreibung erreichte innerhalb von Minuten die Einheiten, die auf ausgedehnter Front die Jagd nach dem Republikflüchtling begannen.

Schon endlos lange quälte sich Gunnar durch eine dichte Fichtenschonung. Er sah nichts, so dicht standen die jungen Bäume. Zweige peitschten ihm ins Gesicht. Er kam kaum voran. Als er endlich eine lichte Stelle erreichte, wich er sofort zurück. Keine dreißig Meter vor ihm stand der erste Grenzzaun. Er blieb im Schutz der Bäume und überlegte. Der Abstand zwischen Wald und Zaun betrug schätzungsweise zwanzig Meter. Direkt am Zaun verlief eine Straße. Eigentlich waren es nur zwei befestigte Betonstreifen im Abstand der Fahrzeugräder. Wie im Westfernsehen beschrieben, befand Gunnar: der Zaun, etwa drei Meter hoch, bestehend aus einem rautenförmigen Drahtgitter und Betonpfählen. Drähte für die berüchtigten Selbstschussanlagen fehlten, wie er beruhigt feststellte. Er zog sich wieder ins Dickicht zurück, sah auf die Uhr. Es war fast zwölf. Er versuchte, durch den Draht des ersten den zweiten Zaun und das Gelände dazwischen zu beurteilen. Auf der anderen Seite der Grenze wand sich eine Straße. Motorengeräusch klang herüber, Gunnar sah Autos vorbeifahren. Der Streifen zwischen den Zäunen, vielleicht dreißig Meter breit, war für ihn schwer einsehbar. Gunnar erschien er liebevoll gepflegt. Er dachte an Minen. Von Osten hörte er ein durchdringendes Geräusch. Sofort fürchtete er, dass dieser Alarm ihm gelten könne. Mühsam unterdrückte er die aufsteigende Panik. Reiß dich zusammen, sonst verlierst du das Spiel, dachte er. Er hängte sich seine Tasche um, legte sich auf den Boden, robbte aus der Schonung und spähte nach links, den Rechen wie ein Gewehr an seiner Seite. Zwei große Kisten versperrten ihm die Sicht. Er richtete sich etwas auf, um mehr zu sehen. Einige hundert Meter entfernt stand ein Wachturm, in dessen Umgebung Soldaten schreiend herumliefen. Er duckte sich hinter die Kisten und wunderte sich, warum die ausgerechnet an dieser Stelle lagen.

Er sah nach vorn, nahm jetzt den Zaun bewusst wahr. Keine Selbstschussanlagen, ich bin weiter im Spiel, dachte er erleichtert, und es ist keineswegs verloren. Dann wusste er, dass er den Zaun überwinden würde. Kein Gedanke mehr an Umkehren, den lädierten Fuß. Keine Angst, kein Zögern. Kein Denken eigentlich. Schnell kroch er zu den Kisten. Sie hatten Griffe aus einem Stück Seil. Er packte die eine, nahm in dieselbe Hand den Rechen, nahm mit der anderen die zweite, rannte los. Er hörte nichts mehr. Nur noch Vorankommen zählte. Er erreichte einen Zaunpfosten, ließ die Kisten los, warf mit kräftigem Schwung den Rechen über den Zaun, stapelte die Kisten am Pfosten, stieg darauf, erreichte die Oberkante des Zaunes, zog sich nach oben. Er spürte nicht, wie die scharfkantigen Enden des Drahtgitters seine Hände aufrissen. Einen Moment lang lag er auf dem Zaun. Er sah, wie drüben am Turm sich Autos mit Soldaten in Bewegung setzten. Er ließ sich vom Zaun fallen, prallte hart auf den Boden fühlte aber keinen Schmerz. Vor ihm lag der ›Todesstreifen‹. Aufspringen, den Rechen greifen, rennen. Er dachte nicht an Minen, nicht an Verletzungen, nur an den zweiten Zaun. Wie er ihn erreichte, nahm er kaum noch wahr. Er hakte den Rechen am zweiten Zaun oben ein, zog sich hoch, wälzte sich darüber und fiel auf der anderen Seite herunter. Wie in Trance rappelte er sich auf und rannte bis zu einem Bach. Er fühlte brennenden Durst, sank auf die Knie, beugte sich vor und trank gierig. Das kalte Wasser brachte ihn in die Wirklichkeit zurück. Innerhalb von Sekunden hatte er die gesamte Grenzanlage überwunden. Mit einem Male wieder konzentriert, sah er zurück. Soldaten machten sich am Zaun zu schaffen, brüllten, aber schossen nicht. Vor ihm lag eine von Büschen bewachsene Anhöhe, die er rasch erklomm. Oben erreichte er einen schwarz-rot-gelben Grenzpfahl mit einem Messingschild. ›Deutsche Demokratische Republik‹, lautete der erhabene Schriftzug unter dem Staatswappen. Er hatte sie verlassen. Er dachte an das Wort ›rübergemacht‹ und fühlte Freude, Stolz, Glück in sich aufsteigen. Seine Gedanken überschlugen sich. Er konnte nicht glauben, dass das schon alles war. Sein Blick fiel auf die Uhr. Zwölf Uhr mittags. Gunnar sah sich jetzt nicht um. Er rannte auf der Südseite die Anhöhe herunter, eine zweite, etwas höhere wieder hinauf zu der Landstraße, die er zuvor gesehen hatte. Sie war sauber asphaltiert mit frisch gestrichelter Mittellinie und Begrenzungslinien zu beiden Seiten. Sein erster Eindruck vom ›gelobten Land‹. Aus der sicheren Entfernung blickte er noch einmal zur Grenze zurück. Aus der Perspektive war nur einer der Zäune sichtbar. Soldaten packten die Kisten in einen Trabbi, gestikulierten dabei heftig. Gunnar setzte sich ins Gras der Straßenböschung und spürte jetzt überall Schmerz. Die Hände blutig, aufgerissen, Jacke und Hose zerfetzt, der rechte Fuß angeschwollen. Er zog die Schuhe aus. Die aufgescheuerten Blasen nässten blutig, sahen furchtbar aus. Die Haut bis über die Knöchel zerkratzt und aufgerissen. Unter dem linken Fuß entdeckte er eine zweite frische Wunde, einen langen Riss. Er dachte an John Wayne und goss den letzten Rest Whisky über die Verletzungen. Dann riss er Streifen von Stoff aus dem Hemd, mit denen er die Füße verband. Er lehnte sich zurück. Kräftig durchatmend fühlte er, wie die Spannung allmählich nachließ. Er dachte an Gabi und an seine Eltern. Sie waren jetzt gleichsam Lichtjahre entfernt. Er fragte sich, was mit ihnen passieren werde. Die Berichte von der Hausdurchsuchung im Juli kamen ihm in den Sinn. Verhöre, Repressalien, was noch? Er versuchte, an die Zukunft zu denken, nicht zurück, aber es gelang ihm nicht.

Ein Auto näherte sich. Schwerfällig stand er auf, humpelte auf die Straße, um den Daumen hinauszuhalten.

Ende